I0562623

Illisibilité partielle

VALABLE POUR TOUT OU PARTIE DU DOCUMENT REPRODUIT

# UNE
# TÉNÉBREUSE AFFAIRE.

# UNE TÉNÉBREUSE

# AFFAIRE

PAR

## M. de Balzac.

5.

## PARIS,

**M. HIPPOLYTE SOUVERAIN, ÉDITEUR**

de MM. de Balzac, Frédéric Soulié, Alphonse Brot, Paul de Kock, etc., etc.

RUE DES BEAUX-ARTS, 5.

1842.

# XVI

---

## LES ARRESTATIONS.

## XVI.

Laurence n'avait eu qu'à dire à Marthe, à Catherine et aux Durieu de rester dans le château sans en sortir ni regarder au dehors, pour être strictement obéie par eux.

A chaque voyage, les chevaux stationnèrent dans le chemin creux, en face de la brèche, et de là, Robert et Michu, les plus robustes de la troupe, avaient pu transporter secrètement les sacs par la brèche dans une cave située sous l'escalier de la tour dite de Mademoiselle.

En arrivant au château vers cinq heures et demie, les quatre gentilshommes et Michu se mirent aussitôt à y enterrer l'or. Laurence et les d'Hauteserre jugèrent convenable de murer le caveau.

Michu se chargea de cette opération en se faisant aider par Gothard, qui courut à la ferme chercher quelques sacs de plâtre restés lors de la construction, et Marthe retourna chez elle pour donner secrètement les sacs à Gothard.

La ferme bâtie par Michu se trouvait sur l'éminence d'où, jadis, il avait aperçu les gendarmes, et l'on y allait par le chemin creux. Michu, très-affamé, se dépêcha si bien que, vers 7 heures et demie, il eut fini sa besogne. Il revenait d'un pas leste, afin d'empêcher Gothard d'apporter un dernier sac de plâtre dont il avait cru avoir besoin.

Sa ferme était déjà cernée par le garde-champêtre de Cinq-Cygne, par le juge de paix, son greffier et trois gendarmes, qui se cachèrent et le laissèrent entrer en l'entendant venir.

Michu rencontra Gothard, un sac sur l'épaule, et lui cria de loin :

— C'est fini, petit, reporte-le, et dîne avec nous.

Michu, le front en sueur, les vêtements souillés de plâtre et de débris de pierres meulières boueuses provenant des décombres de la brèche, entra tout joyeux dans la cuisine de sa ferme, où la mère de Marthe et Marthe servaient la soupe en l'attendant.

Au moment où il tournait le robinet de la fontaine pour se laver les mains, le juge de paix se présenta, accompagné de son greffier et du garde-champêtre.

— Que nous voulez-vous, monsieur Pigoult? demanda Michu.

— Au nom de l'Empereur et de la loi, je vous arrête! dit le juge de paix.

Les trois gendarmes se montrèrent alors amenant Gothard.

En voyant les chapeaux bordés, Marthe et sa mère échangèrent un regard de terreur.

— Ah! bah! Et pourquoi? demanda Michu qui s'assit à sa table en disant à sa femme :

— Sers-moi, je meurs de faim.

— Vous le savez aussi bien que nous, dit le juge de paix qui fit signe à son greffier de commencer le procès-verbal, après avoir exhibé le mandat d'arrêt au fermier.

— Eh bien! tu fais l'étonné, Gothard. Veux-tu dîner, oui ou non? dit Michu. Laisse-les écrire leurs bêtises.

— Vous reconnaissez l'état dans lequel sont vos vêtements? dit le juge de paix. Vous ne niez pas non plus les paroles que vous avez dites à Gothard dans votre cour.

Michu, servi par sa femme stupéfaite de son sang-froid, mangeait avec l'avidité que donne la faim, et ne répondait point : il avait la bouche pleine et le cœur innocent.

L'appétit de Gothard fut suspendu par une horrible crainte.

— Voyons, dit le garde-champêtre à l'oreille de Michu, qu'avez-vous fait du

sénateur? Il s'en va, pour vous, à entendre les gens de justice, de la peine de
mort.

— Ah! mon Dieu! cria Marthe qui surprit les derniers mots et tomba comme
foudroyée.

— Violette nous aura joué quelque
vilain tour, s'écria Michu en se souvenant
des parole de Laurence.

— Ah! vous savez donc que Violette
vous a vus! dit le juge de paix.

Michu se mordit les lèvres, et résolut
de ne plus rien dire. Gothard imita cette
réserve.

En voyant l'inutilité de ses efforts pour le faire parler, et connaissant d'ailleurs ce qu'on nommait dans le pays la perversité de Michu, le juge de paix ordonna de lui lier les mains ainsi qu'à Gothard, et de les emmener au château de Cinq-Cygne, sur lequel il se dirigea pour y rejoindre le directeur du jury.

Des gentilshommes et Laurence avaient trop appétit, et le dîner leur offrait un trop violent intérêt pour qu'ils le retardassent en faisant leur toilette. Ils vinrent, elle en amazone, eux en culotte de peau blanche, en bottes à l'écuyère et dans leur veste de drap vert, retrouver

au salon monsieur et madame d'Hauteserre qui étaient assez inquiets.

Le bonhomme avait remarqué des al-
lées et venues, et surtout la défiance dont
il fut l'objet. Laurence n'avait pu le sou-
mettre à la consigne des gens. Donc à
un moment où l'un de ses fils avait évité
de lui répondre en s'enfuyant, il était
venu dire à sa femme :

— Je crains que Laurence ne nous
taille encore des croupières !

— Quelle espèce de chasse avez-vous
fait aujourd'hui? demanda madame
d'Hauteserre à Laurence.

— Ah! vous apprendrez quelque jour le mauvais coup auquel vos enfants ont participé, répondit-elle en riant.

Quoique dites par plaisanterie, ces paroles firent frémir la vieille dame.

Catherine annonça le dîner. Laurence donna le bras à monsieur d'Hauteserre et sourit de la malice qu'elle faisait à ses cousins, en forçant l'un deux à offrir son bras à la vieille dame, transformée en oracle par leur convention.

Le marquis de Simeuse conduisit madame d'Hauteserre à table. La situation devint alors si solennelle, que, le *Bene-*

*dicite* fini, Laurence et ses deux cousins éprouvèrent au cœur des palpitations violentes. Madame d'Hauteserre, qui servait, fut frappée de l'anxiété peinte sur le visage des deux Simeuse et de l'altération que présentait la figure moutonne de Laurence.

— Mais il s'est passé quelque chose d'extraordinaire? s'écria-t-elle en les regardant tous.

— A qui parlez-vous? dit Laurence.

— A vous tous, répondit la vieille dame.

— Quant à moi, ma mère, dit Robert, j'ai une faim de loup.

Madame d'Hauteserre, toujours troublée, offrit au marquis de Simeuse une assiette qu'elle destinait au cadet.

— Je suis comme votre mère, je me trompe toujours, même malgré vos cravates. Je croyais servir votre frère, lui dit-elle.

— Vous le servez mieux que vous ne pensez, dit le cadet en pâlissant. Le voilà comte de Cinq-Cygne.

Ce pauvre enfant si gai devint triste

pour toujours; mais il trouva la force de regarder Laurence en souriant, et de comprimer ses regrets mortels. En un instant, l'amant s'abîma dans le frère.

— Comment! la comtesse aurait fait son choix ! s'écria la vieille dame.

— Non, dit Laurence, nous avons laissé le sort agir, et vous en étiez l'instrument.

Elle raconta la convention stipulée le matin.

L'aîné des Simeuse, qui voyait s'augmenter la pâleur du visage chez son frère, éprouvait de moment en moment le besoin de s'écrier : — Épouse-la, j'irai mourir, moi !

Au moment où l'on servait le dessert, les habitants de Cinq-Cygne entendirent frapper à la croisée de la salle à manger, du côté du jardin. L'aîné des d'Haute-serre, qui alla ouvrir, livra passage au curé dont la culotte s'était déchirée aux treillis, en escaladant les murs du parc.

— Fuyez ! on vient vous arrêter !

— Pourquoi ?

— Je ne sais pas encore, mais on procède contre vous.

Ces paroles furent accueillies par des rires universels.

— Nous sommes innocents.

— Innocents ou coupables, dit le curé, montez à cheval et gagnez la frontière. Là, vous serez à même de prouver votre innocence. On revient sur une condamnation par contumace, on ne revient pas d'une condamnation contradictoire obtenue par les passions populaires, et préparée par les préjugés. Souvenez-vous du mot du président de Harlay : Si l'on m'accusait d'avoir emporté les tours de Notre-Dame , je commencerais par m'enfuir.

—Mais fuir , n'est-ce pas s'avouer coupable ? dit le marquis de Simeuse.

— Ne fuyez pas , dit Laurence.

— Toujours de sublimes sottises , dit le curé au désespoir. Si j'avais la puissance de Dieu , je vous enlèverais. Mais si l'on me trouve ici, dans cet état, ils tourneront contre vous et moi cette singulière visite, je me sauve par la même voie. Songez-y ! Vous avez encore le temps : ils n'ont pas pensé au mur mitoyen du presbytère , et vous êtes cernés de tous côtés.

Le retentissement des pas d'une foule , et le bruit des sabres de la gendarmerie, remplirent la cour et parvinrent dans la salle à manger quelques instants après le départ du pauvre curé , qui n'eut pas plus de succès dans ses conseils que le marquis de Chargebœuf dans les siens.

— Notre existence commune , dit mélancoliquement le cadet de Simeuse à Laurence , est une monstruosité , et nous éprouvons un monstrueux

amour. Cette monstruosité a gagné votre
cœur.

Peut-être est-ce parce que les lois de
la nature sont bouleversées en eux, que
les jumeaux dont l'histoire nous est conservée ont tous été malheureux. Quant à
nous, voyez avec quelle persistance le
sort nous poursuit. Voilà votre décision
fatalement retardée.

Laurence était hébétée, elle entendit
comme un bourdonnement ces paroles,
sinistres pour elle, prononcées par le directeur du jury :

—Au nom de l'Empereur et de la loi!

j'arrête les sieurs Paul-Marie et Marie-Paul Simeuse, Adrien et Robert d'Hauteserre. Ces messieurs, ajouta-t-il en montrant à ceux qui l'accompagnaient des traces de boue sur les vêtements des prévenus, ne nieront pas d'avoir passé une partie de cette journée à cheval.

— De quoi les accusez-vous? demanda fièrement mademoiselle de Cinq-Cygne.

—Vous n'arrêtez pas Mademoiselle ? dit Giguet.

— Je la laisse en liberté, sous caution,

jusqu'à un plus ample examen des charges qui pèsent sur elle.

Goulard offrit sa caution en demandant simplement à la comtesse sa parole d'honneur de ne pas s'évader.

Laurence foudroya l'ancien piqueur de la maison de Simeuse par un regard plein de hauteur qui lui fit de cet homme un ennemi mortel. Une larme sortit de ses yeux, une de ces larmes de rage qui annoncent un enfer de douleurs.

Les quatre gentilshommes échangèrent un regard terrible et restèrent immobiles.

Monsieur et madame d'Hauteserre, craignant d'avoir été trompés par les quatre jeunes gens et par Laurence, étaient dans un état de stupeur indicible. Cloués dans leurs fauteuils, ces parents, qui se voyaient arracher leurs enfants après avoir tant craint pour eux et les avoir reconquis, regardaient sans voir, écoutaient sans entendre.

— Faut-il vous demander d'être ma caution, monsieur d'Hauteserre? cria Laurence à son ancien tuteur, qui fut réveillé par ce cri, pour lui clair et déchirant comme le son de la trompette du jugement dernier.

Le vieillard essuya les larmes qui lui vinrent aux yeux, il comprit tout, et dit à sa parente d'une voix faible :

— Pardon, comtesse, vous savez que je vous appartiens corps et âme.

Lechesneau, frappé d'abord de la tranquillité de ces coupables, qui dînaient, revint à ses premiers sentiments sur leur culpabilité quand il vit la stupeur des parents et l'air songeur de Laurence, qui cherchait à deviner le piège qu'on lui avait tendu.

—Messieurs, dit-il poliment, vous êtes trop bien élevés pour faire une résistance inutile ; suivez-moi tous les quatre aux écuries où il est nécessaire de détacher en votre présence les fers de vos chevaux, qui deviendront des pièces importantes au procès, et démontreront peut-être votre innocence ou votre culpabilité. Venez aussi, Mademoiselle.

Le maréchal-ferrant de Cinq-Cygne et son garçon avaient été requis par Lechesneau de venir, en qualité d'experts.

Pendant l'opération qui se faisait aux écuries, le juge de paix amena Gothard et Michu.

L'opération de détacher les fers à cha-

que cheval, et de les réunir en les dési-
gnant, afin de procéder à la confrontation des marques laissées dans le parc
par les chevaux des auteurs de l'attentat,
prit du temps.

Néanmoins Lechesneau, prévenu de
l'arrivée de Pigoult, laissa les accusés
avec les gendarmes et vint dans la salle
à manger pour dicter le procès-verbal. Le
juge de paix montra l'état des vêtements
de Michu en lui racontant les circonstances de son arrestation.

— Ils auront tué le sénateur et l'auront
plâtré dans quelque muraille, dit Pigoult
à Lechesneau.

— Maintenant, j'en ai peur, répondit le magistrat.

— Où as-tu p rté le plâtre ? dit-il à Gothard.

Gothard se mit à pleurer.

— La justice l'effraie, dit Michu dont les yeux lançaient des flammes comme ceux d'un lion pris dans le filet.

Tous les gens de la maison retenus chez le maire arrivèrent alors, et encombrèrent l'antichambre où Catherine et les Durieu pleuraient, et leur apprirent l'importance des réponses qu'ils avaient faites.

A toutes les questions du directeur et
du juge de paix, Gothard répondit par
des sanglots, il finit en pleurant par se
donner une sorte d'attaque convulsive qui
les effraya, et ils le laissèrent.

Le petit drôle, ne se voyant plus surveillé, regarda Michu en souriant, et
Michu l'approuva par un regard.

Lechesneau quitta le juge de paix pour
aller presser les experts.

— Monsieur, dit enfin madame d'Hauteserre en s'adressant à Pigoult, pouvez-
vous nous expliquer la cause de ces ar-
restations ?

— Ces messieurs sont accusés d'avoir enlevé le sénateur à main armée, et de l'avoir séquestré, car nous ne supposons pas qu'ils l'aient tué, malgré les apparences.

— Et quelles peines encourraient les auteurs de ce crime ? dit le bonhomme.

— Mais comme les lois, auxquelles il n'est pas dérogé par le code actuel, sont en vigueur, il y a peine de mort, reprit le juge de paix.

— Peine de mort! s'écria madame d'Hauteserre qui s'évanouit.

Le curé se présenta dans ce moment avec sa sœur, qui appela Catherine et la Durieu.

— Mais nous ne l'avons seulement pas vu, votre maudit sénateur ! s'écria Michu.

— Madame Marion, madame Grévin, monsieur Grévin, le valet de chambre du sénateur et Violette ne peuvent pas en dire autant de vous, répondit Pigoult avec le sourire aigre du magistrat convaincu.

—Je n'y comprends rien, dit Michu que cette réponse frappa de stupeur et qui commença dès lors à se croire entor-

tillé avec ses maîtres dans quelque trame
ourdie contre eux.

En ce moment tout le monde revint des
écuries.

Laurence accourut à madame d'Hauteserre qui reprit ses sens pour lui dire :
Il y a peine de mort !

— Peine de mort ! répéta Laurence en
regardant les quatre gentilshommes.

Ce mot répandit un effroi dont profita
Giguet, en homme instruit par Corentin.

— Tout peut s'arranger encore, dit-il

en emmenant Robert et le marquis de Simeuse dans un coin de la salle à manger, peut-être n'est-ce qu'une plaisanterie? Que diable! vous avez été militaires. Entre soldats on s'entend. Qu'avez-vous fait du sénateur? Si vous l'avez tué, tout est dit ; mais si vous l'avez séquestré, rendez-le, vous voyez bien que votre coup est manqué. Je suis certain que le directeur du jury, d'accord avec le sénateur, étouffera les poursuites.

— Nous ne comprenons absolument rien à vos questions, dit le marquis de Simeuse.

— Si vous le prenez sur ce ton, cela ira loin, dit le lieutenant.

— Chère cousine, dit le marquis de Simeuse, nous allons en prison, mais ne soyez pas inquiète, nous reviendrons dans quelques heures, il y a dans cette affaire des malentendus qui vont s'expliquer.

— Je le souhaite pour vous, Messieurs, dit le magistrat en faisant signe à Giguet d'emmener les quatre gentilshommes, Gothard et Michu. — Ne les conduisez pas à Troyes, dit-il au lieutenant. Gardez-les à votre caserne d'Arcis, ils doivent être présents demain, au jour, à la vérification des fers de leurs chevaux avec les empreintes laissées dans le parc.

Lechesneau et Pigoult ne partirent qu'après avoir interrogé Catherine, monsieur, madame d'Hauteserre et Laurence.

Les Durieu, Catherine et Marthe déclarèrent n'avoir vu leurs maîtres qu'au déjeûner. Monsieur d'Hauteserre déclara les avoir vus à trois heures.

Quand, à minuit, Laurence se vit entre monsieur et madame d'Hauteserre, devant l'abbé Goujet et sa sœur, sans les quatre jeunes gens qui, depuis dix-huit mois, étaient la vie de ce château, son amour et sa joie, elle garda pendant longtemps un silence que personne n'osa rompre.

Jamais affliction ne fut plus profonde ni plus complète. Enfin, on entendit un soupir : on regarda.

Marthe, oubliée dans un coin, se leva, disant :

— La mort! Madame. On nous les tuera, malgré leur innocence.

— Qu'avez-vous fait? dit le curé.

Laurence sortit sans répondre. Elle avait besoin de la solitude pour retrouver sa force, au milieu de ce désastre imprévu.

# XVII

---•❦•---

## DOUTES DES DÉFENSEURS OFFICIEUX.

## XVII.

A trente-quatre ans de distance, pendant lesquels il s'est fait trois grandes
révolutions, les vieillards seuls peuvent
se rappeler aujourd'hui le tapage inoui
produit en Europe par l'enlèvement d'un
sénateur de l'empire français.

Aucun procès, si ce n'est ceux de Trumeau, l'épicier de la place Saint-Michel et celui de la veuve Morin, sous l'Empire; ceux de Fualdès et de Castaing, sous la Restauration; ceux de madame Lafarge et Fieschi, sous le gouvernement actuel, n'égalèrent en intérêt et en curiosité celui des jeunes gens accusés de l'enlèvement de Malin.

Un pareil attentat contre un membre de son Sénat excita la colère de l'Empereur, à qui l'on apprit l'arrestation des délinquants presque en même temps que la perpétration du délit et le résultat négatif des recherches.

La forêt fouillée dans ses profondeurs, l'Aube et les départements environnants parcourus dans toute leur étendue, n'offrirent pas le moindre indice du passage ou de la séquestration du comte de Gondreville.

Le grand-juge, mandé par Napoléon, vint après avoir pris des renseignements auprès du ministre de la police, et lui expliqua la position de Malin vis à vis des Simeuse. L'Empereur, alors occupé de choses graves, trouva la solution de l'affaire dans les faits antérieurs.

— Ces jeunes gens sont fous, dit-il. Un jurisconsulte comme Malin doit revenir sur des actes arrachés par la violence. Surveillez-les pour savoir comment ils s'y prendront pour relâcher le comte de Gondreville.

Il enjoignit de déployer la plus grande célérité dans une affaire où il vit un attentat contre ses institutions, un fatal exemple de résistance aux effets de la Révolution, une atteinte à la grande question des biens nationaux, et un obstacle à cette fusion des partis qui fut la constante occupation de sa politique intérieure. Enfin il se trouvait joué par ces jeunes gens qui lui avaient promis de vivre tranquilles.

— La prédiction de Fouché s'est réalisée, s'écria-t-il en se rappelant la phrase échappée deux ans auparavant à son ministre actuel de la police, qui ne l'avait dite que sous l'impression du rapport fait par Corentin sur Laurence.

On ne peut pas se figurer, sous un gouvernement constitutionnel où personne ne s'intéresse à une Chose Publique, aveugle et muette, ingrate et froide, le zèle qu'un mot de l'empereur imprimait à sa machine politique ou administrative. Sa puissante volonté semblait se communiquer aux choses aussi bien qu'aux hommes.

Une fois son mot dit, l'empereur, surpris par la coalition de 1806, oublia l'affaire. Il pensait à de nouvelles batailles à livrer, et s'occupait de masser ses régiments pour frapper un grand coup au cœur de la monarchie prussienne.

Mais son désir de voir faire prompte justice trouva un puissant véhicule dans l'incertitude qui affectait la position de tous les magistrats de l'Empire.

En ce moment, Cambacérès, en sa qualité d'archi-chancelier, et le grand-juge Régnier préparaient l'institution des tribunaux de première instance, des cours impériales et de la cour de cassation : ils agitaient la question des costumes auxquels Napoléon tenait tant et avec tant de raison ; ils revisaient le personnel et recherchaient les gens instruits des parlements abolis.

Naturellement, les magistrats du département de l'Aube pensèrent que donner des preuves de zèle dans l'affaire de l'enlèvement du comte de Gondreville, serait une excellente recommandation.

Les suppositions de Napoléon devinrent

alors des certitudes pour les courtisans et pour les masses.

La paix régnait encore sur le continent, et l'admiration pour l'Empereur était unanime en France : il y cajolait les intérêts, les vanités, les personnes, les choses, enfin tout jusqu'aux souvenirs. Cette entreprise parut donc à tout le monde une atteinte au bonheur public. Ainsi les pauvres gentilhommes innocents furent couverts d'un opprobre général.

En petit nombre et confinés dans leurs terres, les nobles déploraient cette affaire entre eux, mais pas un n'osait ouvrir la bouche : comment, en effet, s'opposer au déchaînement de l'opinion publique?

Dans tout le département on exhumait les cadavres des onze personnes tuées en 1792, à travers les persiennes de l'hôtel de Cinq-Cygne, et l'on en accablait les accusés. On craignait que les émigrés enhardis n'exerçassent tous des violences sur les acquéreurs de leurs biens, pour en préparer la restitution en protestant ainsi contre un injuste dépouillement. Ces nobles gens furent donc traités de brigands, de voleurs et d'assassins.

La complicité de Michu leur devint surtout fatale. Cet homme qui avait coupé, lui ou son beau-père, toutes les têtes tombées dans le département pendant la Terreur, était l'objet des contes les plus ridicules.

L'exaspération fut d'autant plus vive que Malin avait à peu près placé tous les fonctionnaires de l'Aube. Aucune voix généreuse ne s'éleva pour contredire la voix publique. Enfin les malheureux n'avaient aucun moyen légal de combattre les préventions. En soumettant à des jurés et les éléments de l'accusation et le jugement, le code de Brumaire an IV n'avait pu donner aux accusés l'immense garantie du recours en cassation pour cause de suspicion légitime.

Le surlendemain de l'arrestation, les maîtres et les gens du château de Cinq-Cygne furent assignés à comparaître devant le jury d'accusation.

On laissa Cinq-Cygne à la garde du fermier, sous l'inspection de l'abbé Goujet et de sa sœur qui s'y établirent.

Mademoiselle de Cinq-Cygne, monsieur et madame d'Hauteserre vinrent occuper la petite maison que possédait Durieu dans un de ces longs et larges faubourgs qui s'étalent autour de la ville de Troyes.

Laurence eut le cœur serré quand elle reconnut la fureur des masses, la malignité de la bourgeoisie et l'hostilité de l'administration par plusieurs de ces petits évènements qui arrivent toujours aux parents des gens impliqués dans une affaire criminelle, dans les villes de province où elles se jugent.

C'est, au lieu de mots encourageants et pleins de compassion, des conversations entendues où éclatent d'affreux désirs de vengeance; des témoignages de haine à la place des actes de la stricte politesse ou de la réserve ordonnée par la décence, mais surtout un isolement dont s'affectent les hommes ordinaires, d'autant plus rapidement senti que le malheur excite la défiance.

Laurence, qui avait recouvré toute sa force, comptait sur les clartés de l'innocence et méprisait trop la foule pour s'épouvanter de ce silence désapprobateur par lequel on l'accueillait. Elle soutenait le courage de monsieur et madame d'Hauteserre, tout en pensant à la bataille judiciaire qui, d'après la rapidité de la procédure, devait bientôt se livrer devant la cour criminelle. Mais elle allait recevoir un coup auquel elle ne s'attendait point et qui diminua son courage.

Au milieu de ce désastre et par le déchaînèment général, au moment où cette famille affligée se voyait comme dans un désert, un homme grandit tout à coup aux yeux de Laurence et montra toute la beauté de son caractère.

Le lendemain du jour où l'accusation approuvée par la formule : *Oui, il y a lieu*, que le chef du jury écrivait au bas de l'acte, fut renvoyée à l'accusateur public, et que mandat d'arrêt décerné contre les accusés eut été converti en une ordonnance de prise de corps, le marquis de Chargebœuf vint courageusement dans sa vieille calèche au secours de sa jeune parente.

Prévoyant la promptitude de la justice, le chef de cette grande famille s'était hâté d'aller à Paris d'où il amenait l'un des plus rusés et des plus honnêtes procureurs du vieux temps, Bordin, qui devint, à Paris, l'avoué de la noblesse pendant dix ans, et dont le successeur fut le célèbre avoué Derville.

Ce digne procureur choisit aussitôt
pour avocat le petit-fils d'un ancien président du parlement de Normandie qui
se destinait à la magistrature et dont
les études s'étaient faites sous sa tutelle.
Ce jeune avocat, pour employer une dé-
nomination abolie que l'Empereur allait
faire revivre, fut en effet nommé substitut
du procureur-général à Paris après le
procès actuel, et devint un de nos plus
célèbres magistrats. M. de Grandville accepta cette défense comme une occasion
de débuter avec éclat.

A cette époque, les avocats étaient
remplacés par des défenseurs officieux.

Ainsi le droit de défense n'était pas res-
treint, tous les citoyens pouvaient plai-
der la cause de l'innocence; mais les accusés n'en prenaient pas moins d'anciens
avocats pour se défendre.

Le vieux marquis, effrayé des rava-
ges que la douleur avait faits chez Laurence, fut admirable de bon goût et de
convenance. Il ne rappela point ses conseils donnés en pure perte; il présenta
Bordin comme un oracle dont les avis
devaient être suivis à la lettre, et le jeune
de Grandville comme un défenseur en
qui l'on pouvait avoir une entière confiance.

Laurence tendit la main au vieux marquis, et lui serra la sienne avec une vivacité qui le charma.

— Vous aviez raison, lui dit-elle.

— Voulez-vous maintenant écouter mes conseils? demanda-t-il.

La jeune comtesse fit, ainsi que madame et monsieur d'Hauteserre, un signe d'assentiment.

— Eh bien! venez dans ma maison, elle est au centre de la ville près du tribunal; vous et vos avocats, vous vous y trouverez mieux qu'ici où vous êtes en-

tassés, et beaucoup trop loin du champ
de bataille. Vous auriez la ville à traver-
ser tous les jours.

Laurence accepta, et le vieillard l'emmena ainsi que madame d'Hauteserre à
sa maison qui fut celle des défenseurs et
des habitants de Cinq-Cygne tant que dura
le procès.

Après le dîner, les portes closes, Bordin se fit raconter exactement par Laurence les circonstances de l'affaire en la
priant de n'omettre aucun détail, quoique déjà quelques-uns des faits antérieurs
eussent été dits à Bordin et au jeune dé-

fenseur par le marquis durant leur voyage de Paris à Troyes.

Bordin écouta, les pieds au feu, sans se donner la moindre importance.

Le jeune avocat, lui, ne put s'empêcher de se partager entre son admiration pour mademoiselle de Cinq-Cygne et l'attention qu'il devait aux éléments de la cause.

— Est-ce bien tout? demanda Bordin quand Laurence eut raconté les évènements du drame tels que ce récit les a présentés jusqu'à présent.

— Oui, répondit-elle.

Le silence le plus profond régna pendant quelques instants dans le salon de l'hôtel de Chargebœuf où se passait cette scène, une des plus graves qui aient lieu durant la vie, et une des plus rares aussi.

Tout procès est jugé par les avocats avant les juges, de même que la mort du malade est pressentie par les médecins, avant la lutte que les uns soutiendront avec la nature et les autres avec la justice.

Laurence, monsieur et madame d'Hauteserre, le marquis, avaient les yeux sur la vieille figure noire et profondément labourée par la petite vérole de ce vieux procureur. Il allait prononcer des paroles de vie ou de mort. Monsieur d'Hauteserre s'essuya des gouttes de sueur sur le front.

Laurence regarda le jeune avocat et lui trouva le visage attristé.

— Eh bien! mon cher Bordin? dit le marquis en lui tendant sa tabatière où le procureur puisa d'une façon distraite.

Bordin frotta le gras de ses jambes

vêtues en gros bas de filoselle noire, car il était en culotte de drap noir, et portait un habit qui se rapprochait par sa forme des habits dits à la française ; il jeta son regard malicieux sur ses clients en y donnant une expression craintive, mais il les glaça.

— Faut-il vous disséquer cela, dit-il, et vous parler franchement ?

— Mais allez donc, Monsieur ! dit Laurence.

— Tout ce que vous avez fait de bien se tourne en charges contre vous, lui dit alors le vieux praticien. On ne peut pas sauver vos parents, on ne pourra que faire diminuer la peine.

La vente que vous avez ordonnée à Michu de faire de ses biens, sera prise pour la preuve la plus évidente de vos intentions criminelles sur le sénateur.

Vous avez envoyé vos gens exprès à Troyes pour être seuls, et cela sera d'autant plus plausible que c'est la vérité.

L'aîné des d'Hauteserre a dit à Beauvisage un mot terrible qui vous perd tous.

Vous en avez dit un autre dans votre

cour qui prouvait long-temps à l'avance vos mauvais vouloirs contre Gondreville.

Quant à vous, vous étiez à la grille en observation au moment du coup; si l'on ne vous poursuit pas, c'est pour ne pas mettre un élément d'intérêt dans l'affaire.

— La cause n'est pas tenable! dit monsieur de Grandville.

— Elle l'est d'autant moins, reprit Bordin, qu'on ne peut plus dire la vérité. Michu, messieurs de Simeuse et d'Hauteserre doivent s'en tenir tout simplement à prétendre qu'ils sont allés dans la forêt avec vous pendant une partie de la journée et qu'ils sont venus déjeûner à Cinq-Cygne.

Mais si nous pouvons établir que vous y étiez tous à trois heures, pendant que l'attentat avait lieu, quels sont nos témoins? Marthe, la femme d'un accusé, les Durieu, Catherine, gens à votre service, monsieur et madame, père et mère de deux accusés. Ces témoins sont sans valeur, la loi ne les admet pas contre vous, le bon sens les repousse en votre faveur.

Si par malheur, vous disiez être allé

chercher onze cent mille francs d'or dans la forêt, vous enverriez tous les accusés aux galères comme voleurs. Accusateur public, jurés, juges, audience, et la France croiraient que vous avez pris cet or à Gondreville, et que vous avez sequestré le sénateur pour faire votre coup.

En admettant l'accusation telle qu'elle est en ce moment, l'affaire n'est pas claire; mais, dans sa vérité pure, elle deviendrait limpide : les jurés expliqueraient par le vol toutes les parties ténébreuses.

Le cas actuel présente une vengeance

admissible dans la situation politique. Les accusés encourent la peine de mort, mais elle n'est pas déshonorable à tous les yeux ; tandis qu'en y mêlant la soustraction des espèces qui ne paraîtra jamais légitime, vous perdrez les bénéfices de l'intérêt qui s'attache à des condamnés à mort, quand leur crime paraît excusable.

Dans le premier moment, quand vous pouviez montrer vos cachettes, le plan de la forêt, les tuyaux de fer-blanc, l'or pour justifier l'emploi de votre journée, il eût été possible de s'en tirer, en présence de magistrats impartiaux ; mais dans l'état des choses, il faut se taire.

Dieu veuille qu'aucun des six accusés n'ait compromis la cause, mais nous verrons à tirer parti de leurs interrogatoires.

Laurence se tordit les mains de désespoir et leva les yeux au ciel par un regard désolant, car elle aperçut alors dans toute sa profondeur le précipice où ses cousins étaient tombés.

Le marquis et le jeune défenseur approuvaient le terrible discours de Bordin. Le bonhomme d'Hauteserre pleurait.

— Pourquoi ne pas avoir écouté l'abbé

Goujet qui voulait les faire enfuir? dit ma
dame d'Hauteserre exaspérée.

— Ah! s'écria l'ancien procureur, si
vous avez pu les faire sauver, et que
vous ne l'ayez pas fait, vous les aurez
tués vous-même. La contumace donne
du temps. Avec le temps, les innocents
éclaircissent les affaires. Celle-ci me semble la plus ténébreuse que j'aie vue de ma
vie, pendant laquelle j'en ai cependant
bien débrouillé.

— Elle est inexplicable pour tout le
monde, et même pour nous, dit monsieur
de Grandville. Si les accusés sont innocents, le coup a été fait par d'autres.

Cinq personnes ne viennent pas dans un pays comme par enchantement, ne se procurent pas des chevaux ferrés comme ceux des accusés, n'empruntent pas leur ressemblance et ne mettent pas Malin dans une fosse, exprès pour perdre Michu, messieurs d'Hauteserre et de Simeuse. Les inconnus, les vrais coupables, avaient un intérêt quelconque à se mettre dans la peau de ces cinq innocents.

Pour les retrouver, pour chercher leurs traces, il nous faudrait, comme au gouvernement, autant d'agents et d'yeux qu'il y a de communes dans un rayon de vingt lieues.

— C'est la chose impossible, dit Bordin. Il n'y faut même pas songer. Depuis que les sociétés ont inventé la justice, elles n'ont jamais trouvé le moyen de donner à l'innocence un pouvoir égal à celui dont le magistrat dispose contre le crime.

La justice n'est pas bilatérale. La Défense, qui n'a ni espions, ni police, ne dispose pas en faveur de ses clients de la puissance sociale. L'innocence a le raisonnement pour elle. Mais le raisonnement est souvent impuissant sur des esprits prévenus.

Le pays est tout entier contre vous. Les huit jurés qui ont sanctionné l'acte d'accusation étaient des propriétaires de biens nationaux. Nous aurons dans nos jurés le jugement des gens qui seront, comme ceux-là, acquéreurs, vendeurs de biens nationaux ou employés. Enfin, nous aurons un jury malade. Aussi faut-il un système complet de défense; n'en sortez pas, et périssez dans votre innocence. Vous serez condamnés. Nous irons au tribunal de cassation, et nous tâcherons d'y rester long-temps. Si, dans l'intervalle, je puis recueillir des preuves en votre faveur, vous aurez le recours en grâce.

Voilà l'anatomie de l'affaire et mon avis.

Si nous triomphons, car tout est possible en justice, ce serait un miracle ; mais votre avocat est, parmi tous ceux que je connais, le plus capable de faire ce miracle, et j'y aiderai.

—Le sénateur doit avoir la clé de cette énigme, dit alors monsieur de Grandville, car on sait toujours qui nous en veut et pourquoi l'on nous en veut. Je le vois quittant Paris à la fin de l'hiver, venant à Gondreville seul, sans suite, s'y enfermant avec son notaire, et se livrant, pour ainsi dire, à cinq hommes qui l'empoignent.

—Certes, dit Bordin, sa conduite est au moins aussi extraordinaire que la nôtre ;

mais comment, à la face d'un pays sou-
levé contre nous, devenir accusateurs,
d'accusés que nous sommes?

Il nous faudrait la bienveillance, le
secours de l'Empereur, et mille fois plus
de preuves que dans une situation ordi-
naire.

J'aperçois là de la préméditation et de
la plus raffinée chez nos adversaires, qui
connaissaient la situation de Michu et de
messieurs de Simeuse à l'égard de Malin.
Ne pas parler! ne pas voler! il y a prudence.

J'aperçois tout autre chose que des

malfaiteurs, sous ces masques. Mais dites
donc ces choses-là aux jurés qu'on nous
donnera !

Cette perspicacité dans les affaires pri-
vées qui rend certains avocats et certains
magistrats si grands, étonnait et confon-
dait Laurence qui eut le cœur serré par
cette épouvantable logique.

— Sur cent affaires criminelles, dit
Bordin, il n'y en a pas dix que la justice
développe dans toute leur étendue, et il y
en a peut-être un bon tiers dont le cœur
lui est inconnu.

La vôtre est du nombre de celles qui

sont indéchiffrables pour les accusés et pour les accusateurs, pour la justice et pour le public. Quant au souverain, il a d'autres poids à lier qu'à secourir messieurs de Simeuse quand même ils n'auraient pas voulu le renverser.

Mais qui diable en veut à Malin ? et que lui voulait-on ?

Bordin et monsieur de Grandville se regardèrent, ils eurent l'air de douter de la véracité de Laurence, et ce mouvement fut pour elle une des plus cuisantes des mille douleurs de cette affaire ; aussi leur jeta-t-elle un regard qui tua chez eux tout mauvais soupçon.

Le lendemain la procédure fut remise aux défenseurs qui purent communiquer avec les accusés, et ils apprirent à l'hôtel de Chargebœuf qu'en gens d'esprit les six accusés *s'étaient bien tenus,* pour employer un terme de métier.

— Monsieur de Grandville défendra Michu, dit Bordin.

— Michu! s'écria monsieur de Chargebœuf étonné de ce changement.

— Il est le cœur de l'affaire, et là est le danger, répliqua le vieux procureur.

— S'il est le plus exposé, la chose me semble juste, s'écria Laurence.

— Nous apercevons des chances, dit monsieur de Grandville, et nous allons bien les étudier. Si nous pouvons les sauver ce sera parce que monsieur d'Hauteserre a dit à Michu de réparer l'un des poteaux de la barrière du chemin creux, et qu'un loup avait été vu dans la forêt, car tout dépend des débats devant une cour criminelle, et les débats rouleront sur de petites choses que vous verrez devenir immenses.

Laurence tomba dans l'abattement intérieur qui doit mortifier l'âme de toutes les personnes d'action et de pensée, quand l'utilité de l'action et de la pensée leur est démontrée.

Il ne s'agissait plus ici de renverser un homme ou le pouvoir à l'aide des gens dévoués, de sympathies fanatiques enveloppées dans les ombres du mystère ; elle voyait la société tout entière armée contre elle et ses cousins.

On ne prend pas à soi seul une prison d'assaut, on ne délivre pas des prisonniers au sein d'une population hostile et sous les yeux d'une police éveillée par la prétendue audace des accusés. Aussi, quand, effrayé de la stupeur de cette noble et courageuse fille, que sa physionomie rendait plus stupide encore, le jeune défenseur essaya de relever son courage, lui répondit-elle :

— Je me tais, je souffre et j'attends.

L'accent, le geste et le regard firent de cette réponse une de ces choses sublimes auxquelles il manque un plus vaste théâtre pour devenir célèbres.

Quelques instants après, le bonhomme

d'Hauteserre disait au marquis de Chargebœuf «

— Me suis-je donné de la peine pour
mes deux malheureux enfants? J'ai déjà
refait pour eux près de huit mille livres
de rentes sur l'État. S'ils avaient voulu
servir, ils auraient gagné des grades supérieurs et pourraient aujourd'hui se
marier avantageusement. Voilà tous mes
plans à vau-l'eau.

— Comment, lui dit sa femme, pouvez-
vous songer à leurs intérêts, quand
il s'agit de leur honneur et de leurs
têtes.

—Monsieur d'Hauteserre pense à tout, dit le marquis.

# XVIII

---

## MARTHE COMPROMISE.

## XVIII.

Pendant que les habitants de Cinq-Cygne attendaient l'ouverture des débats à la cour criminelle et sollicitaient la permission de voir les prisonniers sans pouvoir l'obtenir, il se passait au château,

dans le plus profond secret, un évène-
ment de la plus haute gravité.

Marthe était revenue à Cinq-Cygne aussitôt après sa déposition devant le jury
d'accusation, qui fut tellement insigni-
fiante qu'elle ne fut pas assignée par
l'accusateur public devant la cour criminelle.

Comme toutes les personnes d'une excessive sensibilité, la pauvre femme restait assise dans le salon où elle tenait
compagnie à mademoiselle Goujet, dans
un état de stupeur qui faisait pitié. Pour
elle, comme pour le curé d'ailleurs et
pour tous ceux qui ne savaient point

l'emploi que les accusés avaient fait de la journée, leur innocence paraissait douteuse.

Par moments, Marthe croyait que Michu, ses maîtres et Laurence avaient exercé quelque vengeance sur le sénateur. La malheureuse femme connaissait assez le dévouement de Michu pour comprendre qu'il était, de tous les accusés, le plus en danger, soit à cause de ses antécédents, soit à cause de la part qu'il aurait prise dans l'exécution.

L'abbé Goujet, sa sœur et Marthe se perdaient dans les probabilités auxquelles cette opinion donnait lieu; mais, à force de les méditer , ils laissaient leur esprit s'attacher à un sens quelconque.

Le doute absolu que demande Descartes ne peut pas plus s'obtenir dans le cerveau de l'homme que le vide dans la nature ; et l'opération spirituelle par laquelle il aurait lieu serait, comme l'effet de la machine pneumatique, une situation exceptionnelle et monstrueuse. En quelque matière que ce soit, on croit à quelque chose.

Or, Marthe avait si peur de la culpabilité des accusés , que sa crainte équivalait à une croyance. Cette situation d'esprit lui fut fatale.

Cinq jours après l'arrestation des gentilshommes, au moment où elle allait se coucher, sur les dix heures du soir, elle fut appelée dans la cour par sa mère qui arrivait à pied de la ferme.

— Un ouvrier de Troyes veut te parler de la part de Michu, et t'attend dans le chemin creux, dit-elle à Marthe.

Toutes deux passèrent par la brèche pour couper au plus court.

Dans l'obscurité de la nuit et du chemin, il fut impossible à Marthe de distinguer autre chose que la masse d'une

personne qui tranchait sur les ténè-
bres.

——Parlez , Madame, afin que je sache
si vous êtes bien madame Michu, dit cette
personne d'une voix assez inquiète.

— Certainement, dit Marthe. Et que
me voulez-vous?

—Bien, dit l'inconnu. Donnez-moi votre main, n'ayez pas peur de moi. Je viens,
ajouta-t-il en se penchant à l'oreille de
Marthe, de la part de Michu, vous remettre un petit mot.

Je suis un des employés de la prison,

et si mes supérieurs s'apercevaient de mon absence, nous serions tous perdus. Fiez-vous à moi. Dans les temps, votre brave père m'a placé là. Aussi Michu a-t-il compté sur moi.

Il mit une lettre dans la main de Marthe et disparut vers la forêt sans attendre de réponse.

Marthe eut comme un frisson en pensant qu'elle allait sans doute apprendre le secret de l'affaire. Elle courut à la ferme avec sa mère et s'enferma pour lire la lettre suivante :

« Ma chère Marthe , tu peux compter
« sur la discrétion de l'homme qui t'ap-
« portera cette lettre, il ne sait ni lire ni
« écrire, c'est un des plus solides répu-
« blicains de la conspiration de Babœuf;

« ton père s'est servi de lui souvent, et
« il regarde le sénateur comme un
« traître.

« Or, ma chère femme, le sénateur a été
« claquemuré par nous dans le caveau où
« nous avons déjà caché nos maîtres.

« Le misérable n'a de vivres que pour
« cinq jours, et comme il est de notre
« intérêt qu'il vive, dès que tu auras lu
« ce petit mot, porte-lui de la nourriture
« pour au moins cinq jours. La forêt doit
« être surveillée, prends autant de pré-
« caution que nous en prenions pour nos
« jeunes maîtres.

« Ne dis pas un mot à Malin, ne lui parle
« point et mets un de nos masques que
« tu trouveras sur une des marches de la
« cave.

« Si tu ne veux pas compromettre nos
« têtes, tu garderas le silence le plus en-
« tier sur le secret que je suis forcé de te
« confier.

« N'en dis pas un mot à mademoiselle
« de Cinq-Cygne, qui pourrait *caner*.

« Ne crains rien pour moi. Nous som-
« mes certains de la bonne issue de cette
« affaire, et, quand il le faudra, Malin
« sera notre sauveur.

« Enfin, dès que cette lettre sera lue,
« je n'ai pas besoin de te dire de la brûler,
« car elle me coûterait la tête si l'on en
« voyait une seule ligne.

« Je t'embrasse tant et plus. »

MICHU.

L'existence du caveau situé sous l'é-
minence au milieu de la forêt n'était connue que de Marthe, de son fils, de Michu,
des quatre gentilshommes et de Laurence;
du moins Marthe, à qui son mari n'avait
rien dit de sa rencontre avec Peyrade et
Corentin, devait le croire. Ainsi la lettre,

qui d'ailleurs lui parut écrite et signée par Michu, ne pouvait venir que de lui.

Certes, si Marthe avait immédiatement consulté sa maîtresse et ses deux conseils qui connaissaient l'innocence des accusés, le rusé procureur aurait obtenu quelques lumières sur les perfides combinaisons qui avaient enveloppé ses clients; mais Marthe, toute à son premier mouvement comme la plupart des femmes, et convaincue par ces considérations qui lui sautaient aux yeux, jeta la lettre dans la cheminée.

Cependant, mue par une singulière illumination de prudence, elle retira du feu le côté de la lettre qui n'était pas écrit, prit les cinq premières lignes dont le sens ne pouvait compromettre personne, et les cousit dans le bas de sa robe.

Assez effrayée de savoir que le patient jeûnait depuis vingt-quatre heures, elle voulut lui porter du vin, du pain et de la viande dès cette nuit. Sa curiosité ne lui permettait pas plus que l'humanité de remettre au lendemain.

Elle chauffa son four, et fit, aidée par sa mère, un pâté de lièvre et de canards, un gâteau de riz, rôtit deux poulets, prit

trois bouteilles de vin, et boulangea elle-
même deux pains ronds.


Vers deux heures et demie du matin,
elle se mit en route vers la forêt et por-
tant le tout dans une hotte, en compagnie de Couraut qui, dans toutes ces ex-
péditions, servait d'éclaireur avec une
admirable intelligence. Il flairait des
étrangers à des distances énormes, et
quand il avait reconnu leur présence, il
revenait auprès de sa maîtresse en gron-
dant tout bas, la regardant et tournant
son museau du côté dangereux.


Marthe arriva sur les trois heures du

matin à la mare, où *elle laissa Couraut
en sentinelle.

Après une demi-heure de travail pour
débarrasser l'entrée, elle vint avec une
lanterne sourde à la porte du caveau, le
visage couvert d'un masque qu'elle avait
en effet trouvé sur une marche.

La détention du sénateur semblait
avoir été préméditée long-temps à l'a-
vance. Un trou d'un pied carré, que Marthe n'avait pas vu précédemment, se trouvait grossièrement pratiqué dans le haut
de la porte en fer qui fermait le caveau;
mais pour que Malin ne pût, avec le temps

et la patience dont disposent tous les prisonniers, faire jouer la bande de fer qui
barrait la porte, on l'avait assujétie par
un cadenas.

Le sénateur, qui s'était levé de dessus
son lit de mousse, poussa un soupir en
apercevant une figure masquée : il devina
qu'il ne s'agissait pas encore de sa délivrance. Il observa Marthe ; autant que le
lui permettait la lueur inégale d'une lanterne sourde, et la reconnut à ses vêtements, à sa corpulence et à ses mouve-
ments.

Quand elle lui passa le pâté par le
trou, il laissa tomber le pâté pour lui

saisir les mains, et avec une excessive prestesse, il essaya de lui ôter du doigt deux anneaux, son alliance et une petite bague donnée par mademoiselle de Cinq-Cygne.

— Vous ne nierez pas que ce ne soit vous, ma chère madame Michu, dit-il.

Marthe ferma le poing aussitôt qu'elle sentit les doigts du sénateur, et lui donna un coup vigoureux dans la poitrine.

Puis, sans mot dire, elle alla couper une baguette assez forte, au bout de laquelle elle tendit au sénateur le reste des provisions.

— Que veut-on de moi? dit-il.

Marthe se sauva sans répondre.

En revenant chez elle, elle se trouva, sur les cinq heures, à la lisière de la forêt, et fut prévenue par Couraut de la présence d'un importun.

Elle rebroussa chemin et se dirigea vers le pavillon qu'elle avait habité si long-temps; mais, quand elle déboucha dans l'avenue, elle fut aperçue de loin par le garde-champêtre de Gondreville ; elle prit alors le parti d'aller droit à lui.

— Vous êtes bien matinale, madame Michu ? lui dit-il en l'accostant.

— Nous sommes si malheureux, répondit-elle, que je suis forcée de faire l'ouvrage d'une servante ; je vais à Bellache y chercher des graines.

— Vous n'avez donc point de graines à Cinq-Cygne ? dit le garde.

Marthe ne répondit pas.

Elle continua sa route, et, en arrivant à la ferme de Bellache, elle pria Beauvisage de lui donner plusieurs graines pour semence, en lui disant que M. d'Hauteserre lui avait recommandé de les prendre chez lui pour renouveler ses espèces. Quand Marthe fut partie, le garde de Gondreville vint à la ferme savoir ce que Marthe y était allé chercher.

Six jours après, Marthe, devenue prudente, alla dès minuit porter les provisions afin de ne pas être surprise par les gardes qui surveillaient évidemment la forêt.

Après avoir porté pour la troisième

fois des vivres au sénateur, elle fut saisie d'une sorte de terreur en entendant lire par le curé les interrogatoires publics des accusés, car alors les débats étaient commencés. Elle prit l'abbé Goujet à part, et après lui avoir fait jurer qu'il lui garderait le secret sur ce qu'elle allait lui dire comme s'il s'agissait d'une confession, elle lui montra les fragments de la lettre qu'elle avait reçue de Michu, en lui en disant le contenu, et l'initia au secret de la cachette où se trouvait le sénateur.

Le curé demanda sur-le-champ à Marthe si elle avait des lettres de son mari pour pouvoir comparer les écritures. Marthe alla chez elle à la ferme, où elle trouva une assignation pour comparaître comme témoin à la Cour.

Quand elle revint au château, l'abbé Goujet et sa sœur étaient également assignés à la requête des accusés.

Ils furent donc obligés de se rendre aussitôt à Troyes.

Ainsi tous les personnages de ce drame, et même ceux qui n'en étaient en quel-

que sorte que les comparses, se trouvèrent réunis sur la scène où les destinées
des deux familles se jouaient alors.

# XIX

---

## LES DÉBATS.

# XIX.

Il est très-peu de localités en France
où la Justice emprunte aux choses ce
prestige qui devrait toujours l'accompagner; car, après la religion et la royauté,
elle est la plus grande machine des sociétés.

Partout et même à Paris, la mesquine-rie du local, la mauvaise disposition des lieux, et le manque de décorations chez la nation la plus vaniteuse et la plus théâtrale en fait de monuments qui soit aujourd'hui, diminue l'action de cet énorme pouvoir.

L'arrangement est le même dans pres-que toutes les villes.

Au fond de quelque longue salle car-rée, on voit un bureau couvert en serge verte, élevé sur une estrade, derrière le-quel s'asseyent les juges dans des fauteuils vulgaires. A gauche, le siège de l'accu-sateur public, et de son côté, le long de la muraille, une longue tribune garnie de chaises pour les jurés. En face des jurés, s'étend une autre tribune où se trouve un banc pour les accusés et pour les gendarmes qui les gardent.

Le greffier se place au bas de l'estrade auprès de la table où se déposent les pièces à conviction.

Avant l'institution de la justice impériale, le commissaire du gouvernement et le directeur du jury avaient chacun un siège et une table, l'un à droite, l'autre à gauche du bureau de la cour.

Deux huissiers voltigent dans l'espace

qu'on laisse devant la cour pour la comparution des témoins. Les défenseurs se tiennent au bas de la tribune des accusés.

Une balustrade en bois réunit les deux tribunes vers l'autre bout de la salle, et forme une enceinte où se mettent des bancs pour des témoins entendus et pour les curieux privilégiés. Puis, en face du tribunal, au dessus de la porte d'entrée, il existe toujours une méchante tribune réservée aux autorités et aux femmes choisies du département, par le président à qui appartient la police de l'audience.

Le public non privilégié se tient debout dans l'espace qui reste entre la porte de la salle et la balustrade.

Cette physionomie normale des tribunaux français et des cours d'assises actuelles était celle de la cour criminelle de Troyes.

En avril 1806, ni les quatre juges et le président qui composaient la Cour, ni l'accusateur public, ni le directeur du jury, ni le commissaire du gouvernement, ni les huissiers, ni les défenseurs, personne, excepté les gendarmes, n'avait de costume ni de marque distinctive qui relevât la nudité des choses et l'aspect assez maigre des figures. Le crucifix manquait et ne donnait son exemple ni à la justice, ni aux accusés.

Tout était triste et vulgaire.

L'appareil, si nécessaire à l'intérêt social, est peut-être une consolation pour le criminel.

L'empressement du public fut ce qu'il a été, ce qu'il sera dans toutes les occasions de ce genre, tant que les mœurs ne seront pas réformées, tant que la France n'aura pas reconnu que l'admission du public à l'audience n'emporte pas la publicité, que la publicité donnée aux débats constitue une peine tellement exorbitante que si le législateur avait pu la soupçonner, il ne l'aurait pas infligée.

Les mœurs sont souvent plus cruelles que les lois. Les mœurs, c'est les hommes; mais la loi, c'est la raison d'un pays.

Il se fit des attroupements autour du palais; et, comme dans tous les procès célèbres, le président fut obligé de faire garder les portes par des piquets. L'auditoire, qui restait debout derrière la

balustrade, était si pressé qu'on y étouf-
fait.

Monsieur de Grandville qui défendait
Michu, Bordin le défenseur de messieurs
de Simeuse, et un avocat de Troyes, qui
plaidait pour messieurs d'Hauteserre et
Gothard, les moins compromis des six
accusés, furent à leur poste avant l'ouverture de la séance. Leurs figures res-
piraient la confiance.

De même que le médecin ne laisse rien
voir de ses appréhensions à son malade,
de même l'avocat montre toujours une
physionomie pleine d'espoir à son client,

C'est un de ces cas rares où le mensonge devient vertu.

Quand les accusés entrèrent, il s'éleva de favorables murmures à l'aspect des quatre jeunes gens qui, après vingt jours de détention passés dans l'inquiétude, avaient un peu pâli.

La parfaite ressemblance des jumeaux excita l'intérêt le plus puissant. Peut-être chacun pensait-il que la nature devait exercer une protection spéciale sur l'une de ses plus curieuses raretés, et tout le monde était tenté de réparer l'oubli du destin envers eux. Leur contenance noble, simple, et sans la moindre marque

de honte, mais aussi sans bravade, tou-
cha beaucoup les femmes.

Les quatre gentilshommes et Gothard
se présentaient avec le costume qu'ils
portaient lors de leur arrestation; mais
Michu, dont les habits faisaient partie
des pièces à conviction, avait mis ses
meilleurs habits, une redingote bleue,
un gilet de velours noir et une cravate
blanche.

Le pauvre homme paya le loyer de sa
mauvaise mine.

Quand il jeta un regard jaune, clair et

profond sur l'assemblée qui laissa échapper un mouvement, on lui répondit par un murmure d'horreur. L'audience voulut voir le doigt de Dieu dans sa comparution sur le banc des accusés, où son beau-père avait fait asseoir ses victimes.

Cet homme, vraiment grand, regarda ses maîtres en réprimant un sourire d'ironie. Il eut l'air de leur dire :

— Je vous fais tort !

Ces cinq accusés échangèrent des saluts affectueux avec leurs défenseurs. Gothard faisait encore l'idiot.

Après les récusations exercées avec sagacité par les défenseurs, éclairés sur ce
point par le marquis de Chargebœuf assis
courageusement auprès de Bordin et de
monsieur de Grandville, quand le jury fut
constitué, l'acte d'accusation lu, les accusés furent séparés pour procéder à leurs
interrogatoires.

Tous répondirent avec un remarquable
ensemble.

Après avoir été le matin se promener à
cheval dans la forêt, ils étaient revenus à
une heure pour déjeûner à Cinq-Cygne ;
après le repas, de trois heures à cinq

heures et demie, ils avaient regagné la forêt.

Tel fut le fond commun à chaque accusé dont les variantes découlèrent de leur position spéciale.

Quand le président pria messieurs de Simeuse de donner les raisons qui les avaient fait sortir de si grand matin, l'un et l'autre déclarèrent que, depuis leur retour, ils pensaient à racheter Gondreville; et que, dans l'intention de traiter avec Malin, arrivé la veille, ils étaient sortis avec leur cousine et Michu afin d'examiner la forêt pour baser des offres.

Pendant ce temps-là, messieurs d'Hauteserre, leur cousine et Gothard avaient chassé un loup que les paysans avaient aperçu. Si le directeur du jury eût recueilli les traces de leurs chevaux dans la forêt avec autant de soin que celles des chevaux qui avaient traversé le parc de Gondreville, on aurait eu la preuve de leurs courses en des parties bien éloignées du château.

L'interrogatoire de messieurs d'Hauteserre confirma celui de messieurs de Simeuse, et se trouvait en harmonie avec leurs dires, dans l'instruction. La nécessité de justifier leur promenade avait sug-

géré à chaque accusé l'idée de l'attribuer
à la chasse.

Des paysans avaient signalé, quelques
jours auparavant, un loup dans la forêt,
et chacun d'eux s'en fit un prétexte.

Cependant l'accusateur public releva
des contradictions entre les premiers interrogatoires où messieurs d'Hauteserre
disaient avoir chassé tous ensemble, et le
système adopté à l'audience qui laissait
messieurs d'Hauteserre et Laurence chas-
ser, tandis que messieurs de Simeuse auraient évalué la forêt.

Monsieur de Grandville fit observer que
le délit n'ayant été commis que de deux
heures à cinq heures et demie, les accusés devaient être crus quand ils expli-
quaient la manière dont ils avaient employé la matinée.

L'accusateur répondit que les accusés
avaient intérêt à cacher les préparatifs
pour séquestrer le sénateur.

L'habileté de la défense apparut alors à
tous les yeux.

Les juges, les jurés, l'audience, comprit
bientôt que la victoire allait être chaude.

ment disputée. Bordin et monsieur de
Grandville semblaient avoir tout prévu.

L'innocence doit un compte clair et
plausible de ses actions. Le devoir de la
défense est donc d'opposer un roman pro-
bable au roman improbable de l'accusation. Pour le défenseur qui regarde son
client comme innocent, l'accusation devient une fable.

L'interrogatoire public des quatre gentilshommes expliquait suffisamment les
choses en leur faveur. Jusque là tout allait bien.

Mais l'interrogatoire de Michu fut plus grave, et engagea le combat. Chacun comprit alors pourquoi monsieur de Grandville avait préféré la défense du serviteur à celle des maîtres.

Michu avoua ses menaces à Marion, mais il démentit la violence qu'on leur prêtait. Quant au guet-apens sur Malin, il dit qu'il se promenait tout uniment dans le parc. Le sénateur et monsieur Grévin pouvaient avoir eu peur en voyant la bouche du canon de son fusil, et lui supposer une position hostile quand elle était inoffensive. Il fit observer que le soir un homme qui n'a pas l'habitude de la chasse peut croire le fusil dirigé sur lui, tandis qu'il se trouve sur l'épaule au repos.

Pour justifier l'état de ses vêtements lors de son arrestation, il dit s'être laissé tomber dans la brèche en retournant chez lui.

—N'y voyant plus clair pour la gravir, je me suis en quelque sorte, dit-il, colleté avec les pierres qui éboulaient sous moi quand je m'en aidais pour monter le chemin creux.

Quant au plâtre que Gothard lui apportait, il répondit, comme dans tous ses interrogatoires, qu'il avait servi à sceller un des poteaux de la barrière du chemin creux.

L'accusateur public et le président lui demandèrent d'expliquer comment il était à la fois et dans la brèche au château, et en haut du chemin creux à sceller un poteau à la barrière, surtout quand le juge de paix, les gendarmes et le garde-champêtre déclaraient l'avoir entendu venir d'en bas.

Michu dit que monsieur d'Hauteserre lui avait fait des reproches de ne pas avoir exécuté cette petite réparation à laquelle il tenait à cause des difficultés que ce chemin pouvait susciter avec la commune, il avait donc été lui annoncer le rétablissement de la barrière.

Monsieur d'Hauteserre avait effectivement fait poser une barrière en haut du chemin creux pour empêcher que la commune ne s'en emparât. En voyant quelle importance prenait l'état de ses vêtements, et le plâtre dont l'emploi n'était pas niable, Michu avait inventé ce subterfuge. Si, en justice, la vérité ressemble souvent à une fable, la fable aussi ressemble beaucoup à la vérité. Le défenseur et l'accusateur attachèrent l'un et l'autre un grand prix à cette circonstance, qui devint capitale et par les efforts du défenseur et par les soupçons de l'accusateur.

A l'audience, Gothard, sans doute éclairé par monsieur de Grandville, avoua que Michu l'avait prié de lui apporter des sacs de plâtre, car jusqu'alors il s'était toujours mis à pleurer quand on le questionnait.

— Pourquoi ni vous ni Gothard n'avez-vous pas aussitôt mené le juge de paix et le garde-champêtre à cette barrière? demanda l'accusateur public.

— Je n'ai jamais cru, dit Michu, qu'il pouvait s'agir contre nous d'une accusation capitale.

On fit sortir tous les accusés, à l'exception de Gothard.

Quand Gothard fut seul, le président l'adjura de dire la vérité dans son intérêt, en lui faisant observer que sa prétendue idiotie avait cessé. Aucun des jurés ne le croyait imbécille. En se taisant devant la cour, il pouvait encourir des peines graves; tandis qu'en disant la vérité, vraisemblablement il serait hors de cause.

Gothard pleura, chancela, puis il finit par dire que Michu l'avait prié de lui porter plusieurs sacs de plâtre; mais, chaque fois, il l'avait rencontré devant la ferme. On lui demanda combien il avait apporté de sacs.

— Trois, répondit-il.

Un débat s'établit entre Gothard et Michu pour savoir si c'était trois en comptant celui qu'il lui apportait au moment de l'arrestation, ce qui réduisait les sacs à deux, ou trois outre le dernier.

Ce débat se termina en faveur de Michu. Pour les jurés, il n'y eut que deux sacs employés ; mais ils paraissaient avoir déjà une conviction sur ce point ; Bordin et monsieur de Grandville jugèrent nécessaire de les rassasier de plâtre et de les si bien fatiguer qu'ils n'y comprirent plus rien.

Monsieur de Grandville présenta des conclusions tendant à ce que des experts fussent nommés pour examiner l'état de la barrière.

— Le directeur du jury, dit le défenseur, s'est contenté d'aller visiter les lieux, moins pour en faire une expertise sévère que pour y voir un subterfuge de Michu ; mais il a failli, selon nous, à ses devoirs, et sa faute doit nous profiter.

La cour commit, en effet, des experts

pour savoir si l'un des poteaux de la barrière avait été récemment scellé. De son côté, l'accusateur voulut avoir gain de cause sur cette circonstance avant l'expertise.

— Vous auriez, dit-il à Michu, choisi l'heure à laquelle il ne fait plus clair, de cinq heures et demie à six heures et demie, pour sceller une barrière à vous seul?

— Monsieur d'Hauteserre m'avait grondé !

— Mais, dit l'accusateur public, si vous avez employé le plâtre à la barrière, vous

vous êtes servi d'une auge et d'une truelle? Or, si vous êtes venu dire si promptement à M. d'Hauteserre que vous aviez exécuté ses ordres, il vous est impossible d'expliquer comment Gothard vous apportait encore du plâtre. Vous avez dû passer devant votre ferme, et alors vous y avez dû déposer vos outils et prévenir Gothard !

Ces arguments foudroyants produisirent un silence horrible dans l'auditoire.

— Allons, avouez-le ! reprit l'accusateur. Ce n'est pas un poteau que vous avez enterré.

— Croyez-vous donc que ce soit le sénateur? dit Michu d'un air profondément ironique.

Monsieur de Grandville demanda formellement à l'accusateur public de s'expliquer sur ce chef. Michu était accusé d'enlèvement, de séquestration et non de meurtre. Rien de plus grave que cette interpellation. Le Code de Brumaire an iv défendait à l'accusateur public d'introduire aucun chef nouveau dans les débats : il devait, à peine de nullité, s'en tenir aux termes de l'acte d'accusation.

L'accusateur public répondit que Michu, principal auteur de l'attentat, et qui dans l'intérêt de ses maîtres avait assumé toute la responsabilité sur sa tête, pouvait avoir eu besoin de condamner l'entrée du lieu encore inconnu où gémissait le sénateur.

Pressé de questions, harcelé devant Gothard, mis en contradiction avec lui-même, Michu frappa sur l'appui de la tribune aux accusés un grand coup de poing, et dit :

— Je ne suis pour rien dans l'enlèvement du sénateur, j'aime à croire que ses ennemis l'ont simplement enfermé; mais s'il reparaît, vous verrez que le plâtre n'a pu y servir de rien.

— Bien, dit l'avocat en s'adressant à l'accusateur public, vous avez plus fait pour la défense de mon client que tout ce que je pourrais dire.

La première audience fut levée sur cette audacieuse allégation, qui surprit les jurés et donna l'avantage à la défense. Aussi les avocats de la ville et Bordin félicitèrent-ils le jeune défenseur avec enthousiasme.

L'accusateur public, inquiet de cette assertion, craignait d'être tombé dans un piège, et il avait en effet donné dans un panneau très-habilement tendu par les défenseurs, et pour leque! Gothard venait de jouer admirablement son rôle.

Les plaisants de la ville dirent qu'on avait replâtré l'affaire, que l'accusateur public avait gâché sa position, et que les Simeuse devenaient blancs comme plâtre.

En France, tout est du domaine de la plaisanterie, elle y est la reine : on plaisante sur l'échafaud, à la Bérésina, aux barricades, et quelque Français plaisantera sans doute pendant les grandes assises du jugement dernier.

Le lendemain, on entendit les témoins à charge : madame Marion, madame Grévin, Grévin, le valet de chambre du sénateur, Violette dont les dispositions peuvent être facilement comprises d'après les évènements.

Tous reconnurent les cinq accusés avec plus ou moins d'hésitation relativement aux quatre gentilshommes, mais avec certitude quant à Michu. Beauvisage répéta le propos échappé à Robert d'Hauteserre. Le paysan venu pour acheter le veau redit la phrase de mademoiselle de Cinq-Cygne.

Les experts entendus confirmèrent

leurs rapports sur la confrontation de l'empreinte des fers avec ceux des chevaux des quatre gentilshommes qui, selon l'accusation, étaient absolument pareils. Cette circonstance fut naturellement l'objet d'un débat violent entre monsieur de Grandville et l'accusateur public.

Le défenseur entreprit le maréchalferrant de Cinq-Cygne, et réussit à établir aux débats que des fers semblables avaient été vendus quelques jours auparavant à des individus étrangers au pays. Le maréchal déclara d'ailleurs qu'il ne ferrait pas seulement de cette manière les chevaux du château de Cinq - Cygne , mais beaucoup d'autres dans le canton.

Enfin le cheval dont se servait habituellement Michu , par extraordinaire , avait été ferré à Troyes , et l'empreinte de ce fer ne se trouvait point parmi celles constatées dans le parc.

— Le Sosie de Michu ignorait cette circonstance, dit monsieur de Grandville en regardant les jurés , et l'accusation n'a pas établi que nous nous soyons servis d'un des chevaux du château.

Il foudroya d'ailleurs la déposition de Violette en ce qui concernait la ressemblance des chevaux, vus de loin et par derrière ! Malgré les incroyables efforts du défenseur, la masse des témoignages positifs accabla Michu.

L'accusateur, l'auditoire, la cour et les jurés sentaient tous, comme l'avait pressenti la défense, que la culpabilité du serviteur entraînait celle des maîtres. Bordin avait bien deviné la question en donnant monsieur de Grandville pour défenseur à Michu; mais la défense avouait ainsi ses secrets.

Aussi, tout ce qui concernait l'ancien régisseur de Gondreville était-il d'un intérêt palpitant. La tenue de Michu fut d'ailleurs superbe. Il déploya dans ces débats toute la sagacité dont l'avait doué la nature.

A force de le voir, le public reconnut sa supériorité; mais, chose étonnante! cet homme en parut plus certainement l'auteur de l'attentat.

Les témoins à décharge, moins sérieux que les témoins à charge aux yeux des jurés et de la loi, parurent faire leurs devoirs, et furent écoutés en manière d'acquit de conscience. D'abord ni Marthe, ni monsieur et madame d'Hauteserre ne prêtèrent serment; puis Catherine et les

Durieu, en leur qualité de domestiques, étaient dans le même cas.

Monsieur d'Hauteserre dit effectivement avoir donné l'ordre à Michu de replacer le poteau renversé.

La déclaration des experts, qui lurent en ce moment leur rapport, confirma la déposition du vieux gentilhomme ; mais ils donnèrent aussi gain de cause au directeur du jury en déclarant qu'il leur était impossible de déterminer l'époque à laquelle ce travail avait été fait : il pouvait, depuis, s'être écoulé plusieurs semaines tout aussi bien que vingt jours.

L'apparition de mademoiselle de Cinq-

Cygne excita la plus vive curiosité, mais en revoyant ses cousins sur le banc des accusés après vingt-trois jours de séparation, elle éprouva des émotions si violentes qu'elle eut l'air coupable. Elle sentit un effroyable désir d'être à côté des jumeaux, et fut obligée, dit-elle plus tard, d'user de toute sa force pour réprimer la fureur qui la portait à tuer l'accusateur public, afin d'être, aux yeux du monde, criminelle avec eux.

Elle raconta naïvement qu'en revenant à Cinq-Cygne, et voyant de la fumée dans le parc, elle avait cru à un incendie. Pendant long-temps elle avait pensé que cette fumée provenait de mauvaises herbes.

—Cependant, dit-elle, je me suis sou-
venue plus tard d'une particularité que
je livre à l'attention de la Justice. J'ai
trouvé dans les brandebourgs de mon
amazone, et dans les plis de ma collerette,
des débris semblables à ceux de papiers
brûlés emportés par le vent.

—La fumée était-elle considérable?
demanda Bordin.

—Oui, dit mademoiselle de Cinq-Cygne;
je croyais à un incendie.

—Ceci peut changer la face du procès,
dit Bordin. Je requiers la cour d'ordonner

une enquête immédiate des lieux où l'incendie a eu.lieu.

Le président ordonna l'enquête.

Grévin, rappelé sur la demande des défenseurs, et interrogé sur cette circonstance, déclara ne rien savoir à ce sujet.

Mais entre Bordin et Grévin, il y eut des regards échangés qui les éclairèrent mutuellement.

— Le procès est là, se dit le vieux procureur.

— Ils y sont ! pensa le notaire.

Mais, de part et d'autre, les deux fins matois pensèrent que l'enquête était inutile. Bordin se dit que Grévin serait discret comme un mur, et Grévin s'applaudit d'avoir fait disparaître les traces de l'incendie.

Pour vider ce point, accessoire dans les débats et qui parut puéril, mais capital dans la justification que l'histoire doit à ces jeunes gens, les experts et Pigoult commis pour la visite du parc déclarèrent n'avoir remarqué aucune place où il existât des marques d'incendie.

Bordin fit venir deux ouvriers qui déposèrent avoir labouré, par les ordres du garde, une portion du pré dont l'herbe était brûlée ; mais ils dirent n'avoir point observé de quelle substance provenaient les cendres.

Le garde, rappelé sur l'invitation des défenseurs, dit avoir reçu du sénateur, au moment où il avait passé par le château pour aller voir la mascarade d'Arcis, l'ordre de labourer cette partie du pré que le sénateur avait remarquée le matin en se promenant.

— Y avait-on brûlé des herbes ou des papiers?

— Je n'ai rien vu qui pût faire croire

qu'on ait brûlé des papiers, répondit le garde.

— Enfin, dirent les défenseurs, si l'on y a brûlé des herbes, quelqu'un a dû les y apporter et y mettre le feu.

La déposition du curé de Cinq-Cygne et celle de mademoiselle Goujet firent une impression favorable.

En sortant de vêpres et se promenant vers la forêt, ils avaient vu les gentils-hommes et Michu à cheval, sortant du château et se dirigeant sur la forêt. La position, la moralité de l'abbé Goujet donnaient du poids à ses paroles.

La plaidoirie de l'accusateur public, qui se croyait certain d'obtenir une condamnation, fut ce que sont ces sortes de réquisitoires.

Les accusés étaient d'incorrigibles ennemis de la France, des institutions et des lois. Ils avaient soif de désordres. Quoiqu'ils eussent été mêlés aux attentats contre la vie de l'empereur, et qu'ils fissent partie de l'armée de Condé, ce magnanime souverain les avait rayés de la liste des émigrés. Voilà le loyer qu'ils payaient à sa clémence.

Enfin les déclamations oratoires qui se sont répétées au nom des Bourbons contre

les Bonapartistes, qui se répètent aujour-
d'hui contre les Républicains et les légiti-
mistes au nom de la branche cadette ;
ces lieux communs, qui auraient un sens
chez un gouvernement fixe, paraîtront au
moins comiques , quand l'histoire les
trouvera semblables à toutes les époques
dans la bouche du ministère public. On
peut en dire ce mot fourni par des trou-
bles plus anciens :


— L'enseigne est changée, mais le vin
est toujours le même !


L'accusateur public, qui fut d'ailleurs
un des procureurs-généraux les plus dis-
tingués de l'empire, attribua le délit à l'in-

tention prise par les émigrés rentrés de protester contre l'occupation de leurs biens. Il fit assez bien frémir l'auditoire sur la position du sénateur. Puis il massa les preuves, les semi-preuves, les probalités, avec un talent que stimulait la récompense certaine de son zèle, et il s'assit tranquillement en attendant le feu des défenseurs.

Monsieur de Grandville ne plaida jamais que cette cause, mais elle lui fit un nom.

D'abord, il trouva pour son plaidoyer cet entrain d'éloquence que nous admirons aujourd'hui chez Berryer. Puis il

avait la conviction de l'innocence des accusés, ce qui est un des plus puissants vé-
hicules de la parole.

Voici les points principaux de sa défense rapportée en entier par les journaux du temps. D'abord il rétablit sous
son vrai jour la vie de Michu. Ce fut un
beau récit où sonnèrent les plus grands
sentiments et qui réveilla bien des sympathies.

En se voyant réhabilité par la voix élo-
quente de ce futur magistrat, il y eut un
moment où des pleurs sortirent des yeux
jaunes de Michu et coulèrent sur son terrible visage. Il apparut alors ce qu'il était

réellement : un homme simple et rusé comme un enfant, mais un homme dont la vie n'avait eu qu'une pensée. Il fut soudain expliqué, surtout par ses pleurs qui produisirent un grand effet sur le jury.

L'habile défenseur saisit ce mouvement d'intérêt pour entrer dans la discussion des charges.

— Où est le corps du délit ? où est le sénateur ? demanda-t-il. Vous nous accusez de l'avoir claquemuré, scellé même avec des pierres et du plâtre !

Mais alors, nous savons seuls où il est,

et comme vous nous tenez en prison depuis vingt-trois jours, il est mort faute
d'aliments. Nous sommes des meurtriers,
et vous ne nous avez pas accusés de meurtre.

Mais s'il vit, nous avons des complices !
Si nous avons des complices et si le sénateur est vivant, ne le ferions-nous donc
point paraître?

Les intentions que vous nous supposez,
une fois manquées, aggraverions-nous
inutilement notre position? Nous pour-
rions nous faire pardonner, par notre re-
pentir, une vengeance manquée ; et nous

persisterions à détenir un homme de qui
nous ne pouvons rien obtenir ?

Remportez votre plâtre, son effet est
manqué, dit-il à l'accusateur public, car
nous sommes ou d'imbécilles criminels, ce
que vous ne croyez pas, ou des innocents,
victimes de circonstances inexplicables
pour nous comme pour vous ! Vous devez
bien plutôt chercher la masse de papiers
qui s'est brûlée chez le sénateur et qui
révèle des intérêts plus violents que les
vôtres, et qui vous rendraient compte de
son enlèvement.

Il entra dans ces hypothèses avec une
habileté merveilleuse. Il insista sur la

moralité des témoins à décharge dont la foi religieuse était vive, qui croyaient à un avenir, à des peines éternelles. Il fut sublime en cet endroit et sut émouvoir profondément.

— Hé quoi, dit-il, ces criminels dînent tranquillement en sachant par leur cousine l'enlèvement du sénateur. Quand l'officier de gendarmerie leur suggère les moyens de tout finir, ils se refusent à rendre le sénateur, ils ne savent ce qu'on leur veut !

Il fit alors pressentir une affaire mystérieuse dont le temps seul avait la clé, et à l'aide duquel cette injuste accusation serait dévoilée.

Une fois sur ce terrain, il eut l'audacieuse et ingénieuse adresse de se supposer juré, il raconta sa délibération avec ses collègues, il se représenta comme tellement malheureux, si, ayant été cause de condamnations cruelles, l'erreur venait à être reconnue, il peignit si bien ses remords, et revint sur les doutes que le plaidoyer lui donnerait avec tant de force, qu'il laissa les jurés dans une horrible anxiété.

Les jurés n'étaient pas encore blasés sur ces sortes d'allocutions, elles eurent alors le charme des choses neuves, et le jury fut ébranlé.

Après le chaud plaidoyer de monsieur de Grandville, les jurés eurent à entendre le fin et spécieux procureur qui multiplia ses considérations, fit ressortir toutes les parties ténébreuses du procès et le rendit inexplicable. Il s'y prit de manière à frapper l'esprit et la raison, comme monsieur de Grandville avait attaqué le cœur et l'imagination.

Enfin, il sut entortiller les jurés avec une conviction si sérieuse que l'accusateur public vit son échafaudage en pièces.

Ce fut si clair que l'avocat de messieurs d'Hauteserre et de Gothard s'en remit à la prudence des jurés, en trouvant l'accusation abandonnée à leur égard.

L'accusateur demanda de remettre au lendemain pour sa réplique. En vain, Bordin, qui voyait un acquittement dans les yeux des jurés s'ils délibéraient sur le coup de ces plaidoiries, s'opposa-t-il par des motifs de droit et de fait, à ce qu'une nuit de plus jetât ses anxiétés chez ses innocents clients, la cour délibéra.

— L'intérêt de la société me semble égal à celui des accusés, dit le président.

La cour manquerait à toutes les notions
d'équité si elle refusait une pareille demande à la Défense, elle doit donc l'ac-
corder à l'Accusation.

— Tout est heur et malheur, dit Bordin en regardant ses clients. Acquittés ce
soir, vous pouvez être condamnés demain.

— Dans tous les cas, dit l'aîné des Simeuse, nous ne pouvons que vous ad-
mirer.

Mademoiselle de Cinq-Cygne avait des
larmes aux yeux. Après le doute des défenseurs, elle ne croyait pas à un pareil
succès.

On la félicitait, et chacun vint lui pro-
mettre l'acquittement de ses cousins.

Mais cette affaire allait avoir le coup
de théâtre le plus éclatant, le plus sinis-
tre et le plus imprévu qui jamais ait
changé la face d'un procès criminel.

# XX

## HORRIBLE PÉRIPÉTIE.

## XX.

A cinq heures du matin, le lendemain
de la plaidoirie de monsieur de Grandville, le sénateur fut trouvé sur le grand
chemin, délivré de ses fers pendant son
sommeil par des libérateurs inconnus,

allant à Troyes, ignorant le procès, ne sachant pas le retentissement de son nom en Europe, et heureux de respirer l'air.

L'homme qui servait de pivot à ce drame fut aussi stupéfait de ce qu'on lui apprit, que ceux qui le rencontrèrent le furent de le voir. On lui donna la voiture d'un fermier, et il arriva rapidement à Troyes chez le préfet. Le préfet prévint aussitôt le directeur du Jury, le commissaire du gouvernement et l'accusateur public, qui, d'après le récit que leur fit le comte de Gondreville, envoyèrent prendre Marthe au lit chez les Durieu, pendant que le directeur du Jury motivait et décernait un mandat d'arrêt contre elle.

Mademoiselle de Cinq-Cygne, qui n'était en liberté que sous caution, fut également arrachée à l'un des rares moments de sommeil qu'elle obtenait au milieu de ses constantes angoisses, et fut gardée à la préfecture pour y être interrogée. L'ordre de tenir les accusés sans communication possible, même avec les avocats, fut envoyé au directeur de la prison.

A dix heures, la foule assemblée apprit que l'audience était remise à une heure après midi.

Ce changement, qui coïncidait avec la nouvelle de la délivrance du sénateur, l'arrestation de Marthe, celle de mademoiselle de Cinq-Cygne et la défense de communiquer avec les accusés, portèrent la terreur à l'hôtel de Chargebœuf. Toute la ville et les curieux venus à Troyes pour assister au procès, les tachygraphes des journaux, le peuple même fut dans un émoi facile à comprendre.

L'abbé Goujet vint sur les dix heures voir monsieur, madame d'Hauteserre et les défenseurs.

On déjeûnait alors autant qu'on peut déjeûner en de semblables circonstances,

Le curé prit Bordin et monsieur de Grandville à part, il leur communiqua la confidence de Marthe et le fragment de la lettre qu'elle avait reçue.

Les deux défenseurs échangèrent un regard, après lequel Bordin dit au curé :

— Pas un mot ! tout nous paraît perdu, faisons au moins bonne contenance.

Marthe n'était pas de force à résister au directeur du jury et à l'accusateur public réunis. D'ailleurs les preuves abondaient contre elle.

Sur l'indication du sénateur, Lechesneau avait envoyé chercher la croûte de dessous du dernier pain apporté par Marthe, et qu'il avait laissé dans le caveau, ainsi que les bouteilles vides et plusieurs objets. Pendant les longues heures de sa captivité, Malin avait fait des conjectures sur sa situation et cherché les indices qui pouvaient le mettre sur la trace de ses ennemis, il communiqua naturellement ses observations au magistrat.

La ferme de Michu, récemment bâtie, devait avoir un four neuf, les tuiles et les briques sur lesquelles reposait le pain offrant un dessin quelconque de joints, on pouvait avoir la preuve de la préparation de son pain dans ce four, en prenant l'empreinte de l'aire dont les rayons se retrouvaient sur cette croûte. Puis, les bouteilles, cachetées en cire verte, étaient sans doute pareilles aux bouteilles qui se trouvaient dans la cave de Michu.

Ces subtiles remarques, dites au juge de paix qui alla faire les perquisitions en présence de Marthe, amenèrent les résultats prévus par le sénateur.

Victime de la bonhomie apparente avec laquelle Lechesneau, l'accusateur public et le commissaire du gouvernement lui firent apercevoir que des aveux complets pouvaient seuls sauver la vie à son mari, au moment où elle fut terrassée par ces preuves évidentes. Marthe avoua que la cachette où le sénateur avait été mis n'était connue que de Michu, de messieurs de Simeuse et d'Hauteserre, et qu'elle avait apporté des vivres au sénateur, à trois reprises, pendant la nuit.

Laurence, interrogée sur la circonstance de la cachette, fut forcée d'avouer que Michu l'avait découverte, et la lui avait montrée pour y soustraire les gentilshommes aux recherches de la police.

Aussitôt ces interrogatoires terminés, le jury, les avocats furent avertis de la reprise de l'audience.

A trois heures , le président ouvrit la séance, en annonçant que les débats allaient recommencer sur de nouveaux éléments.

Le président fit voir à Michu trois bouteilles de vin et lui demanda s'il les reconnaissait pour des bouteilles à lui en lui montrant la parité de la cire de deux bouteilles vides avec celles d'une bouteille pleine prise , dans la matinée , à la ferme par le juge de paix , en présence de sa femme.

Michu ne voulut pas les reconnaître pour siennes ; mais ces nouvelles pièces à conviction furent appréciées par les jurés auxquels le président expliqua que les bouteilles vides venaient d'être trouvées dans le lieu où le sénateur avait été détenu.

Chaque accusé fut interrogé relativement au caveau situé sous les ruines du monastère. Il fut acquis aux débats après un nouveau témoignage de tous les témoins à charge et à décharge que cette cachette, découverte par Michu, n'était connue que de lui, de Laurence et des quatre gentilshommes.

On peut juger de l'effet produit sur l'audience et sur les jurés quand l'accusateur public annonça que ce caveau, connu seu-

lement des accusés et de deux des témoins,
avait servi de prison au sénateur.

Marthe fut introduite. Son apparition
causa les plus vives anxiétés dans l'auditoire et parmi les accusés.

Monsieur de Grandville se leva pour
s'opposer à l'audition de la femme témoi-
gnant contre le mari. L'accusateur public
fit observer que, d'après ses propres
aveux, Marthe était complice du délit :
elle n'avait ni à prêter serment, ni à té-
moigner; elle devait être entendue seulement dans l'intérêt de la vérité.

— Nous n'avons d'ailleurs qu'à donner

lecture de son interrogatoire devant le directeur du jury, dit le président qui fit lire par le greffier le procès-verbal dressé le matin.

— Confirmez-vous ces aveux? dit le président.

Michu regarda sa femme, et Marthe qui comprit son erreur tomba complètement évanouie. On peut dire sans exagération que la foudre éclatait sur le banc des accusés et sur leurs défenseurs.

— Je n'ai jamais écrit de ma prison à ma femme, et je n'y connais aucun des employés, dit Michu.

Bordin lui passa les fragments de la lettre, Michu n'eut qu'à y jeter un coup-d'œil.

— Mon écriture a été imitée! s'écria-t-il.

— La dénégation est votre dernière res-source, dit l'accusateur public.

On introduisit alors le sénateur avec les cérémonies prescrites pour sa réception. Son entrée fut un coup de théâtre.

Malin, nommé par les magistrats comte

de Gondreville sans pitié pour les anciens propriétaires de cette belle demeure, regarda, sur l'invitation du président, les accusés avec la plus grande attention et pendant long-temps. Il reconnut que les vêtements de ses ravisseurs étaient bien exactement ceux des gentilshommes ; mais il déclara que le trouble de ses sens au moment de son enlèvement l'empêchait de pouvoir affirmer que les accusés fussent les coupables.

— Il y a plus, dit-il, ma conviction est que ces quatre messieurs n'y sont pour rien. Les mains qui m'ont bandé les yeux dans la forêt étaient grossières. Aussi, dit Malin en regardant Michu, croirais-je plutôt volontiers que mon ancien régisseur s'est chargé de ce soin ; mais je prie messieurs les jurés de bien peser ma déposition.

Mes soupçons à cet égard sont très-légers, et je n'ai pas la moindre certitude. Voici pourquoi. Les deux hommes qui se sont emparés de moi m'ont mis à cheval, en croupe derrière celui qui m'avait bandé les yeux, et dont les cheveux étaient roux comme ceux de l'accusé Michu. Quelque singulière que soit mon observation, je dois en parler, car elle fait la base d'une conviction favorable à l'accusé, que je prie de ne s'en point choquer. Attaché au dos d'un inconnu, j'ai dû,

malgré la rapidité de la course, être af-
fecté de son odeur. Or, je n'ai point reconnu celle particulière à Michu. Quant
à la personne qui m'a, par trois fois, apporté des vivres, je suis certain que cette
personne est Marthe, la femme de Michu.
La première fois, je l'ai reconnue à une
bague que lui a donnée mademoiselle de
Cinq-Cygne, et qu'elle n'avait pas songé
à ôter. La justice et messieurs les jurés
apprécieront les contradictions qui se
rencontrent dans ces faits, et que je ne
m'explique point encore.

Des murmures favorables et d'unani-
mes approbations accueillirent la déposition de Malin.

Bordin sollicita de la cour la permission d'adresser quelques demandes à ce précieux témoin.

— Monsieur le sénateur croit donc que sa séquestration tient à d'autres causes que les intérêts supposés par l'accusation aux accusés ?

— Certes! dit le sénateur. Mais je les ignore, car je déclare que, pendant mes vingt jours de captivité, je n'ai vu personne.

— Croyez-vous, dit alors l'accusateur public, que votre château de Gondreville pût contenir des renseignements, des titres ou des valeurs qui pussent y nécessiter une perquisition de messieurs de Simeuse?

— Je ne le pense pas, dit Malin. Je crois ces messieurs incapables, dans ce cas, de s'en mettre en possession par violence. Ils n'auraient eu qu'à me les réclamer pour les obtenir.

— Monsieur le sénateur n'a-t-il pas fait brûler des papiers dans son parc? dit brusquement monsieur de Grandville.

Le sénateur regarda Grévin. Après avoir rapidement échangé un fin coup-d'œil avec le notaire et qui fut saisi par

Bordin, il répondit ne point avoir brûlé de papiers.

L'accusateur public lui ayant demandé des renseignements sur le guet-apens dont il avait failli être la victime dans le parc, et s'il ne s'était pas mépris sur la position du fusil, le sénateur dit que Michu se trouvait alors au guet sur un arbre. Cette réponse, d'accord avec le témoignage de Grévin, produisit une vive impression.

Les gentilshommes demeurèrent, impassibles pendant la déposition de leur ennemi qui les accablait de sa générosité. Laurence souffrait la plus horrible agonie ; et, de moments en moments, le marquis de Chargebœuf la retenait par le bras.

Le comte de Gondreville se retira en saluant les quatre gentilshommes qui ne lui rendirent pas son salut. Cette petite chose indigna les jurés.

— Ils sont perdus, dit Bordin à l'oreille du marquis.

— Hélas! toujours par la fierté de leurs sentiments, répondit monsieur de Chargebœuf.

— Notre tâche est devenue trop facile,

Messieurs, dit l'accusateur public en se
levant et regardant les jurés.

Il expliqual'emploi des deux sacs de plâ
tre par le scellement de la broche de fer
nécessaire pour accrocher le cadenas qui
maintenait la barre avec laquelle la porte
du caveau était fermée, et dont la des-
cription se trouvait au procès-verbal fait
le matin par Pigoult. Il prouva facilement
que les accusés seuls connaissaient l'existence du caveau. Il mit en évidence les
mensonges de la défense, il en pulvérisa
tous les arguments sous les nouvelles
preuves arrivées si miraculeusement.

En 1806, on était encore trop près de

l'être suprème de 1793 pour parler de la justice divine, il fit donc grâce aux jurés de l'intervention du ciel.

Enfin il dit que la Justice aurait l'œil sur les complices inconnus qui avaient délivré le sénateur, et attendit avec confiance le verdict.

Les jurés crurent à un mystère; mais ils étaient tous persuadés que ce mystère venait des accusés qui se taisaient dans un intérêt privé de la plus haute importance. Monsieur de Grandville, pour qui une machination quelconque devenait évidente, se leva; mais il parut accablé, quoiqu'il le fût moins des nouveaux té-

moignages survenus que de la manifeste
conviction des jurés.

Il surpassa peut-être sa plaidoirie de la
veille. Ce second plaidoyer fut plus logique et plus serré peut-être que le premier : il sentait sa chaleur repoussée par
la froideur du jury, il parlait inutilement, et il le voyait! Situation horrible et
glaciale! Il fit remarquer combien la délivrance du sénateur opérée comme par
magie, et bien certainement sans le secours d'aucun des accusés, ni de Marthe, corroborait ses premiers raisonne-
ments.

Assurément hier, les accusés pouvaient
croire à leur acquittement, et s'ils étaient,

comme l'accusation le suppose, maîtres
de détenir ou de relâcher le sénateur, ils
ne l'eussent délivré qu'après le jugement.
Il essaya de faire comprendre que des ennemis cachés dans l'ombre pouvaient
seuls avoir porté ce coup.

Chose étrange! monsieur de Grandville ne jeta le trouble que dans la conscience de l'accusateur public et dans
celle des magistrats, car les jurés l'écoutaient par devoir.

L'audience, elle-même toujours si favorable aux accusés, était convaincue de
leur culpabilité. Il y a une atmosphère des
idées. Dans une cour de justice, les idées

de la foule pèsent sur les juges, sur les jurés, et réciproquement.

En voyant cette disposition des esprits qui se reconnaît ou se sent, le défenseur arriva dans ses dernières paroles à une sorte d'exaltation fébrile causée par sa conviction.

— Au nom des accusés, je vous pardonne d'avance une fatale erreur que rien ne dissipera! s'écria-t-il. Nous sommes tous le jouet d'une puissance inconnue et machiavélique. Marthe Michu, dit-il, a été victime d'une odieuse perfidie, et la société s'en apercevra quand les malheurs seront irréparables.

Bordin s'arma de la déposition du sénateur pour demander l'acquittement des gentilshommes.

Le président résuma les débats avec d'autant plus d'impartialité que les jurés étaient visiblement convaincus. Il fit même pencher la balance en faveur des accusés en appuyant sur la déposition du sénateur. Cette gracieuseté ne compromettait point le succès de l'accusation.

A onze heures du soir, d'après les différentes réponses du chef du jury, la cour condamna Michu à la peine de mort, Messieurs de Simeuse à vingt-quatre ans, et les deux d'Hauteserre à dix ans de travaux forcés. Gothard fut acquitté.

Toute la salle voulut voir l'attitude des cinq accusés dans le moment suprême où amenés, libres, devant la Cour, ils entendraient leur condamnation.

Les quatre gentilshommes regardèrent Laurence : elle leur jeta d'un œil sec le regard enflammé des martyrs.

— Elle pleurerait si nous étions acquittés, dit le cadet des Simeuse à son frère.

Jamais accusés n'opposèrent des fronts

plus sereins et une contenance plus digne à une injuste condamnation que ces cinq victimes d'un horrible complot.

— Notre défenseur vous a pardonnés! dit l'aîné des Simeuse en s'adressant à la Cour.

Madame d'Hauteserre tomba malade et resta pendant trois mois au lit à l'hôtel de Chargebœuf. Le bonhomme d'Hauteserre retourna paisiblement à Cinq-Cygne. Mais, rongé par une de ces douleurs de vieillard qui n'ont aucune des distractions de la jeunesse, il eut souvent des moments d'absence qui prouvaient au curé que ce pauvre père était toujours au lendemain du fatal arrêt.

On n'eut pas à juger la belle Marthe. Elle mourut en prison, vingt jours après la condamnation de son mari, recommandant son fils à Laurence, entre les bras de laquelle elle expira.

Une fois le jugement connu, des évènements politiques de la plus haute importance étouffèrent le souvenir de ce procès dont il ne fut plus question.

La société procède comme l'Océan, elle reprend son niveau, son allure, après un désastre, et en efface la trace par le mouvement de ses intérêts dévorants.

Sans sa fermeté d'âme et sa conviction de l'innocence de ses cousins, Laurence aurait succombé ; mais elle donna de nouvelles preuves de la grandeur de son caractère, elle étonna monsieur de Grandville et Bordin par l'apparente sérénité que les malheurs extrêmes impriment aux belles âmes. Elle veillait et soignait madame d'Hauteserre et allait tous les jours deux heures à la prison. Elle dit qu'elle épouserait un de ses cousins quand ils seraient au bagne.

— Au bagne ! s'écria Bordin. Mais, Mademoiselle, ne pensons qu'à demander leur grâce à l'Empereur.

— Leur grâce! à un Bonaparte? s'écria Laurence avec horreur.

Les lunettes du vieux digne procureur lui sautèrent du nez; il les saisit avant qu'elles ne tombassent, regarda la jeune personne qui maintenant ressemblait à une femme; il comprit ce caractère dans toute son étendue, il prit le bras du marquis de Chargebœuf et lui dit :

— Monsieur le marquis, courons à Paris les sauver sans elle !

# XXI

———————

## LE BIVOUAC DE L'EMPEREUR.

## XXI.

Le pourvoi de messieurs de Simeuse,
d'Hauteserre et de Michu fut la première
affaire que dut juger la Cour de cassation. L'arrêt fut donc heureusement re-
tardé par les cérémonies de l'installation
de la cour.

Vers la fin du mois de septembre , après trois audiences prises par les plaidoiries et par le procureur-général Merlin qui porta lui-même la parole, le pourvoi fut rejeté.

La cour impériale de Paris était instituée ; monsieur de Grandville y avait été nommé substitut du procureur-général, et le département de l'Aube se trouvant dans la juridiction de cette cour, il lui fut possible de faire au cœur de son ministère des démarches en faveur des condamnés. Il fatigua Cambacérès , son protecteur.

Bordin et monsieur de Chargebœuf

vinrent le lendemain matin de l'arrêt dans son hôtel au Marais, où ils le trouvèrent dans la lune de miel de son mariage, car dans l'intervalle il s'était marié.

Malgré tous les évènements qui s'étaient accomplis dans l'existence de son ancien avocat, monsieur de Chargebœuf vit bien à l'affliction du jeune substitut qu'il avait été fidèle à ses clients. Certains avocats, les artistes de la profession, font de leurs causes des maîtresses. Le cas est rare, ne vous y fiez pas!

Dès qu'ils furent seuls dans son cabinet, monsieur de Grandville dit au marquis :

— Je n'ai pas attendu votre visite, j'ai déjà même usé tout mon crédit. N'essayez pas de sauver Michu, vous n'auriez pas la grâce de messieurs de Simeuse. Il faut une victime.

— Mon Dieu ! dit Bordin en montrant au jeune magistrat les trois pourvois en grâce, puis-je prendre sur moi de supprimer la demande de votre ancien client? Jeter ce papier au feu, c'est lui couper la tête.

• Il présenta le blanc-seing de Michu. Monsieur de Grandville le prit et le regarda.

— Nous ne pouvons pas le supprimer ; mais, sachez-le ! Si vous demandez tout, vous n'obtiendrez rien.

— Avons-nous le temps de consulter Michu ? dit Bordin.

— Oui. L'ordre d'exécution concerne le parquet du procureur-général, et nous pouvons vous donner quelques jours. On tue les hommes, dit-il avec une sorte d'a- mertume, mais on y met des formes, surtout à Paris.

Monsieur de Chargebœuf avait eu déjà chez le grand-juge des renseignements

qui donnaient un poids énorme à ces
tristes paroles de monsieur de Grandville.

— Il est innocent, je le sais, je le dis,
reprit le magistrat ; mais que peut-on seul
contre tous ? Et songez que mon rôle est
de me taire aujourd'hui. Je dois faire
dresser l'échafaud où mon ancien client
sera décapité.

M. de Chargebœuf connaissait assez
Laurence pour savoir qu'elle ne consen-
tirait pas à sauver ses cousins aux dépens
de Michu. Le marquis essaya donc une
dernière tentative. Il avait fait demander
une audience au ministre des relations

extérieures, pour savoir s'il existait un moyen de salut dans la haute diplomatie. Il prit avec lui Bordin qui connaissait le ministre et lui avait rendu quelques services.

Les deux vieillards trouvèrent Talley-rand absorbé dans la contemplation de son feu, les pieds en avant, la tête appuyée sur sa main, le coude sur la table, le journal à terre. Il venait de lire l'arrêt de la cour de cassation.

— Veuillez vous asseoir, monsieur le marquis, dit le ministre, et vous, Bordin, ajouta-t-il en lui indiquant une place devant lui à sa table, écrivez :

« Sire,

« Quatre gentilshommes innocents,
« déclarés coupables par le jury, vien-
« nent de voir leur condamnation con-
« firmée par votre Cour de cassation.

« Votre Majesté Impériale ne peut plus
« que leur faire grâce. Ils ne réclament
« cette grâce de votre auguste clémence
« que pour avoir l'occasion d'utiliser

« leur mort en combattant sous vos
« yeux, et se disent, de Votre Majesté
« Impériale et Royale... avec respect,
« les...» etc.

— Il n'y a que les princes pour savoir
obliger ainsi, dit le marquis de Chargebœuf en prenant des mains de Bordin
cette précieuse minute de la pétition à faire
signer aux quatre gentilshommes, et pour
laquelle il se promit d'obtenir d'augustes
apostilles.

— Leur vie, monsieur le marquis, dit
le ministre, est remise au hasard des ba-

tailles, tâchez d'arriver le lendemain d'une victoire, ils seront sauvés !

Il prit la plume, il écrivit lui-même une lettre confidentielle à l'empereur, une de dix lignes au maréchal Duroc ; puis il sonna, demanda à son secrétaire un passe port diplomatique, et dit tranquillement au vieux procureur :

— Quelle est votre opinion sérieuse sur ce procès ?

— Ne savez-vous donc pas, Monseigneur, qui nous a si bien entortillés ?

— Je le présume, mais j'ai des raisons

pour chercher une certitude, répondit le prince.

Retournez à Troyes, allez chercher la comtesse de Cinq-Cygne, amenez-la demain, ici, à pareille heure, mais secrètement, passez chez madame de Talleyrand que je préviendrai de votre visite. Si mademoiselle de Cinq-Cygne, qui sera placée de manière à voir l'homme que j'aurai debout devant moi, le reconnaît pour être venu chez elle dans le temps de la conspiration de messieurs de Polignac et de Rivière, quoi que je dise, quoi qu'il réponde, pas un geste, pas un mot !

Ne pensez, d'ailleurs, qu'à sauver messieurs de Simeuse, n'allez pas vous embarrasser de votre mauvais drôle de garde-de-chasse.

— Un homme sublime, Monseigneur! s'écria Bordin.

— De l'enthousiasme? et chez vous, Bordin! cet homme est alors quelque chose.

Notre homme a prodigieusement d'amour-propre, monsieur le marquis, dit-il en changeant de conversation; il va me congédier pour pouvoir faire des folies sans contradiction. C'est un grand soldat qui sait changer les lois de l'espace et du temps; mais il ne saurait changer les hommes, et il voudrait les fondre à son usage.

Maintenant, n'oubliez pas que la grâce de vos parents ne sera obtenue que par une seule personne, par mademoiselle de Cinq-Cygne.

Le marquis partit seul pour Troyes, et dit à Laurence l'état des choses. Laurence obtint du procureur impérial la permission de voir Michu, et le marquis l'accompagna jusqu'à la porte de la prison, où il l'attendit. Elle sortit les yeux baignés de larmes.

—Le pauvre homme, dit-elle, a essayé de se mettre à mes genoux pour me prier de ne plus songer à lui, sans penser qu'il avait les fers aux pieds! Ah! Marquis, je plaiderai sa cause. Oui, j'irai baiser la botte de leur empereur. Et si j'échoue, eh bien! cet homme vivra, par mes soins, éternellement dans notre famille. Présentez son pourvoi pour gagner du temps : je veux avoir son portrait. Partons.

Le lendemain, quand le ministre apprit par un signal convenu que Laurence était à son poste, il sonna.

Son huissier vint et reçut l'ordre de laisser entrer monsieur Corentin.

—Mon cher, vous êtes un habile homme, lui dit Talleyrand, et je veux vous employer.

— Monseigneur...

— Ecoutez. En servant Fouché, vous aurez de l'argent et jamais d'honneur ni de position avouable ; mais en me servant toujours comme vous venez de le faire à Berlin, vous aurez de la considération.

— Monseigneur est bien bon...

—Vous avez déployé du génie dans votre dernière affaire à Gondreville...

— De quoi monseigneur parle-t-il? dit Corentin en prenant un air ni trop froid, ni trop surpris.

—Monsieur, réponditsèchement le ministre,'vous n'arriverez à rien, vous craignez...

— Quoi, Monseigneur?

— La mort ! dit le ministre de sa belle voix profonde et creuse. Adieu, mon cher.

— C'est lui! dit le marquis de Chargebœuf, et nous avons failli tuer la comtesse; elle étouffe !

— Il n'y a que lui capable de jouer de pareils tours, répondit le ministre. Monsieur, vous êtes en danger de ne pas réussir, reprit le prince.

Prenez ostensiblement la route de Strasbourg, je vais vous envoyer en blanc de doubles passeports. Ayez des Sosies, changez de route habilement et surtout de voiture, laissez arrêter à Strasbourg vos Sosies pour vous, et gagnez la Prusse par la Suisse !

Pas un mot et de la prudence !

Mademoiselle de Cinq-Cygne offrit à Robert Lefebvre une somme suffisante pour le déterminer à venir à Troyes faire le portrait de Michu, et M. de Grand-ville promit à ce peintre, alors célèbre, toutes les facilités possibles.

Monsieur de Chargebœuf partit avec Laurence et un domestique qui parlait allemand, dans son vieux berlingot qu'il donna, vers Nancy, à Gothard et mademoiselle Goujet qui les avaient précédés dans une excellente calèche.

Le ministre avait raison. A Strasbourg, le commissaire général de police refusa de viser le passeport des voyageurs, en leur opposant des ordres absolus. En ce moment même, le marquis et Laurence

sortaient de France par Bâle dans la calèche neuve.

Laurence traversa la Suisse dans les
beaux premiers jours du mois d'octobre,
et prit par les bords du Rhin, sans accor-
der la moindre attention à ces magnifiques pays.

Elle était au fond de la calèche dans
l'engourdissement où tombe le criminel
quand il sait l'heure de son supplice;
toute la nature se couvre alors d'une va-
peur bouillante, et les choses les plus
vulgaires prennent une tournure fantas-
tique.

Cette pensée : — Ils se tuent si je ne réussis pas! retombait sur son âme comme, dans le supplice de la roue, tombait jadis la barre du bourreau sur les membres du patient. Elle se sentait de plus en plus brisée, elle perdait toute son énergie dans l'attente du cruel moment, décisif et rapide, où elle se trouverait face à face avec l'homme de qui dépendait le sort des quatre gentilshommes. Elle avait pris le parti de se laisser aller à son affaissement pour ne pas dépenser d'énergie inutile.

Incapable de comprendre ce calcul des âmes fortes et qui se traduit diversement à l'extérieur, car dans ces attentes suprê-

mes certains esprits supérieurs s'aban-
donnent à une gaîté surprenante, le
marquis avait peur de ne pas amener
Laurence vivante jusqu'à cette rencontre
solennelle seulement pour eux, mais qui
certes dépasse les proportions ordinaires
de la vie privée.

Pour Laurence, s'humilier devant cet
homme, objet de sa haine et de son mépris, emportait la mort de tous ses sentiments généreux.

— Après cela, dit-elle, la Laurence
qui survivra ne ressemblera plus à celle
qui va périr.

Néanmoins il fut bien difficile aux deux voyageurs de ne pas apercevoir l'immense mouvement d'hommes et de choses dans lequel ils entrèrent une fois en Prusse.

La campagne d'Iéna était commencée. Ils voyaient les magnifiques divisions de l'armée française s'alonger et parader comme aux Tuileries.

Dans ces déploiements de la splendeur militaire, qui ne peuvent se dépeindre qu'avec les mots et les images de la Bible, l'homme qui animait ces masses prit des proportions gigantesques dans l'imagination de Laurence. Bientôt, les mots de victoire retentirent à son oreille. Les armées impériales venaient de remporter deux avantages signalés.

Le prince de Prusse avait été tué la veille du jour où les deux voyageurs arrivèrent à Saalfeld, tâchant de rejoindre Napoléon qui allait avec la rapidité de la foudre.

Enfin, le treize octobre, date de mauvais augure, mademoiselle de Cinq-Cygne longeait une rivière au milieu des corps de la Grande-Armée, ne voyant que confusion, renvoyée d'un village à l'autre et de division en division, épouvantée de se voir seule avec un vieillard, ballottée dans un océan de cent cinquante mille hommes, qui en cherchaient cent cinquante mille autres.

Fatiguée de toujours apercevoir cette rivière par dessus les haies d'un chemin boueux qu'elle suivait sur une colline, elle en demanda le nom à un soldat.

— C'est la Saale, dit-il en lui montrant l'armée prussienne, groupée par grandes masses de l'autre côté de ce cours d'eau.

La nuit venait, Laurence voyait s'allumer des feux et briller des armes. Le vieux marquis, dont l'intrépidité fut chevaleresque, conduisait lui-même, à côté de son nouveau domestique, deux bons chevaux achetés la veille. Le vieillard sa- ́ ̣it bien qu'il ne trouverait ni postillons, ni chevaux, en arrivant sur un champ de bataille.

Tout à coup l'audacieuse calèche, objet de l'étonnement de tous les soldats, fut arrêtée par un gendarme de la gendar- merie de l'armée qui vint à bride abattue sur le marquis en lui criant :

— Qui êtes-vous? où allez-vous? que demandez-vous?

— L'empereur! dit le marquis de

Chargebœuf, j'ai une dépêche importante des ministres pour le grand-maréchal Duroc.

— Eh bien! vous ne pouvez pas rester là, dit le gendarme.

Mademoiselle de Cinq-Cygne et le marquis furent d'autant plus obligés de rester là que le jour allait cesser.

— Où sommes-nous? dit mademoiselle de Cinq-Cygne en arrêtant deux officiers qu'elle vit venir et dont l'uniforme était caché par des surtouts en drap.

— Vous êtes en avant de l'avant-garde

de l'armée française, Madame, lui répondit l'un des deux officiers. Vous ne pouvez même rester ici ; car si l'ennemi faisait un mouvement et que l'artillerie jouât, vous seriez entre deux feux.

— Ah ! dit-elle d'un air indifférent.

Sur ce *ah !* l'autre officier dit :

— Comment cette femme se trouve-t-elle là !

— Nous attendons, répondit-elle, un gendarme qui est allé prévenir monsieur Duroc, en qui nous trouverons un protecteur pour pouvoir parler à l'Empereur.

— Parler à l'Empereur ! dit le premier officier. Y pensez-vous, à la veille d'une bataille décisive !

— Ah ! vous avez raison, dit-elle, je ne dois lui parler qu'après-demain, la victoire le rendra doux.

Les deux officiers allèrent se placer à vingt pas de distance, sur leurs chevaux immobiles. La calèche fut alors entourée par un escadron de généraux, de maréchaux, d'officiers, tous extrêmement brillants, et qui respectèrent la voiture.

— Mon Dieu! dit le marquis à mademoiselle de Cinq-Cygne, j'ai peur que nous n'ayons parlé à l'Empereur.

— L'Empereur, dit un colonel-général, mais le voilà!

Laurence aperçut alors, à quelques pas en avant et seul, celui qui s'était écrié :

« Comment cette femme se trouve-t-elle là? »

L'un des deux officiers, l'Empereur enfin, était vêtu d'une redingote mise par dessus un uniforme vert, et était sur un cheval blanc richement caparaçonné. Il examinait, avec une lorgnette, l'armée prussienne au delà de la Saale.

Laurence comprit alors pourquoi la calèche restait là, et pourquoi l'escorte de l'Empereur la respectait. Un mouvement convulsif la saisit, l'heure était arrivée. Elle entendit alors le bruit sourd de plusieurs masses d'hommes et de leurs armes s'établissant au pas accéléré sur ce plateau. Les batteries semblaient avoir un langage, les caissons retentissaient et l'airain pétillait.

— Le maréchal Lannes prendra position avec tout son corps en avant, le maréchal Lefebvre et la garde occuperont ce sommet, dit l'autre officier, qui était le major-général Berthier.

L'Empereur descendit; et, au premier mouvement qu'il fit, on s'empressa de venir tenir son cheval.

Laurence était stupide d'étonnement. Elle ne croyait pas à tant de simplicité.

— Je passerai la nuit sur ce plateau, dit l'Empereur.

En ce moment, le grand-maréchal Duroc, que le gendarme avait enfin trouvé, vint au marquis de Chargebœuf et lui demanda la raison de son arrivée. Le marquis lui répondit qu'une lettre écrite par le ministre des relations extérieures lui dirait combien il était urgent qu'ils obtinssent, mademoiselle de Cinq-Cygne et lui, une audience de l'Empereur.

— Sa Majesté va dîner sans doute à son bivouac, dit Duroc en prenant la lettre, et quand j'aurai vu ce dont il s'agit, je vous ferai savoir si cela se peut. — Brigadier, dit-il au gendarme, accompagnez cette voiture et menez-la près de la cabane en arrière.

Monsieur de Chargebœuf suivit le gendarme, et arrêta sa voiture derrière une misérable chaumière bâtie en bois et en

terre, entourée de quelques arbres frui-
tiers, et gardée par des piquets d'infan-
terie et de cavalerie.

On peut dire que la majesté de la guerre
éclatait là dans toute sa splendeur. De ce
sommet, les lignes des deux armées se
voyaient éclairées encore par la lune.

Après une heure d'attente, remplie
par le mouvement perpétuel d'aides-de-
camp partant et revenant, Duroc vint
chercher mademoiselle de Cinq-Cygne et
le marquis de Chargebœuf; il les fit entrer dans la chaumière, dont le plancher
était en terre battue comme dans les aires
de grange.

Devant une table desservie et devant un feu de bois vert qui fumait, Napoléon était assis sur une chaise grossière. Ses bottes, pleines de boue, attestaient ses courses à travers champs. Il avait ôté sa redingote, et son célèbre uniforme vert, traversé par son grand cordon rouge, rehaussé par le dessous blanc de sa culotte de casimir et de son gilet, faisait admirablement bien valoir sa figure césarienne et terrible. Il avait la main sur une carte dépliée, placée sur ses genoux.

Berthier se tenait debout dans son brillant costume de vice-connétable de l'Empire. Constant, le valet de chambre, présentait à l'Empereur son café sur un plateau.

— Que voulez-vous? dit-il avec une feinte brusquerie en traversant par le rayon de son regard la tête de Laurence. Vous ne craignez donc plus de me parler avant la bataille? De quoi s'agit-il?

— Sire, dit-elle en le regardant d'un œil non moins fixe, je suis mademoiselle de Cinq-Cygne.

— Hé bien? répondit-il d'une voix colère en se croyant bravé par ce regard.

—Ne comprenez-vous donc pas? je suis

la comtesse de Cinq-Cygne, et je vous demande grâce! dit-elle en tombant à genoux et lui tendant le placet rédigé par Talleyrand, apostillé par l'Impératrice, par Cambacérès et par Malin.

L'Empereur la releva gracieusement en lui jetant un regard fin et lui dit :

— Serez-vous sage enfin? Comprenez-vous ce que doit être l'Empire français...

— Ah! je ne comprends en ce moment que l'Empereur! dit-elle, vaincue par la bonhomie avec laquelle l'homme du destin avait dit ces paroles qui faisaient pressentir la grâce.

— Sont-ils innocents? demanda l'Empereur.

— Tous, dit-elle avec enthousiasme.

— Tous? Non, le garde-chasse est un homme dangereux qui tuerait mon sénateur sans prendre votre avis...

— Oh! Sire, dit-elle, si vous aviez un ami qui se fût dévoué pour vous, l'abandonneriz-vous? ne vous...

— Vous êtes une femme, dit-il avec une teinte de raillerie.

— Et vous un homme de fer! lui dit elle avec une dureté qui lui plut.

— Cet homme a été condamné par la justice du pays, reprit-il.

— Mais il est innocent.

— Enfant !... dit-il.

Il sortit, prit mademoiselle de Cinq-Cygne par la main et l'emmena sur le plateau.

— Voici, dit-il avec son éloquence qui changeait les lâches en braves, voici trois cent mille hommes, ils sont innocents, eux aussi! Eh bien! demain, trente mille hommes seront morts, morts pour leur pays! Il y a chez les Prussiens, peut-être, un grand mécanicien, un idéologue, un génie qui sera moissonné. De notre côté, nous perdrons certainement des grands hommes inconnus; peut-être verrai-je mourir mon meilleur ami! Accuserai-je Dieu? non, je me tairai. Sachez qu'on doit mourir pour les lois de son pays comme on meurt ici pour sa gloire.

Il la ramena dans la cabane.

— Allez, retournez en France, dit-il

en regardant le marquis. Mes ordres vous y suivront.

Elle crut à une commutation de peine pour Michu, et dans l'effusion de sa reconnaissance, elle plia le genou et baisa la main de l'Empereur.

— Vous êtes monsieur de Chargebœuf? dit alors Napoléon en avisant le marquis.

— Oui, Sire.

— Vous avez des enfants?

— Beaucoup d'enfants.

— Pourquoi ne me donneriez-vous pas un de vos petits-fils ? il serait un de mes pages...

— Ah ! voilà le sous-lieutenant qui perce, pensa Laurence, il veut être payé de sa grâce.

Le marquis s'inclina sans répondre. Heureusement le général Rapp se précipita dans la cabane.

— Sire, la cavalerie de la garde et celle du grand-duc de Berg ne pourront pas rejoindre demain avant midi.

— N'importe, dit Napoléon en se tournant vers Berthier, il est des heures de grâce pour nous aussi, sachons en profiter.

Sur un signe de main, le marquis et Laurence se retirèrent et remontèrent en voiture. Le brigadier les mit dans leur route et les conduisit jusqu'à un village où ils passèrent la nuit.

Le lendemain, ils s'éloignèrent du champ de bataille au bruit de huit cents pièces de canon qui grondèrent pendant dix heures. A Hambourg, ils apprirent l'étonnante victoire d'Iéna.

Six jours après, ils entraient dans les faubourgs de Troyes.

Un ordre du grand-juge, transmis au procureur impérial près le tribunal de première instance de Troyes, ordonnait la mise en liberté sous caution des gentilshommes en attendant la décision de l'Empereur et Roi : mais en même temps, l'ordre pour l'exécution de Michu fut expédié par le parquet. Ces ordres étaient arrivés le matin même.

Laurence se rendit alors à la prison, sur les deux heures, en habit de voyage. Elle obtint de rester auprès de Michu, à qui l'on faisait la triste cérémonie, appelée la toilette. Le bon abbé Goujet avait demandé à l'administrer et à l'accompagner jusqu'à l'échafaud. Le curé de Cinq-Cygne venait de donner l'absolution à cet homme qui se désolait de mourir dans l'incertitude sur le sort de ses maîtres. Aussi quand Laurence se montra, poussa-t-il un cri de joie.

— Je puis mourir, dit-il.

— Ils sont grâciés, je ne sais à quelles conditions, répondit-elle; mais ils le sont, et j'ai tout tenté pour toi, mon ami, malgré leur avis. Je croyais t'avoir sauvé, mais l'Empereur m'a trompé par gracieuseté de souverain.

— Il était écrit là haut, dit Michu, que le chien de garde devait être tué à la même place que ses vieux maîtres !

La dernière heure passa rapidement.

Michu, au moment de partir, n'osait demander d'autre faveur que de baiser la main de mademoiselle de Cinq-Cygne. mais elle lui tendit ses joues et se laissa saintement embrasser par cette noble victime. Michu refusa de monter en char-rette.

— Les innocents doivent aller à pied ! dit-il.

Il ne voulut pas que l'abbé Goujet lui donnât le bras, il marcha dignement et résolument jusqu'à l'échafaud.

Au moment de se coucher sur la planche, il dit à l'exécuteur, en le priant de rabattre sa redingote qui lui montait sur le cou :

— Si elle vous appartient, ne l'entamez pas !

A peine les quatre gentilshommes eurent-ils le temps de voir mademoiselle de Cinq-Cygne. Un planton du général com-

mandant la division leur apporta des bre-
vets de sous-lieutenants dans le même
régiment de cavalerie, avec l'ordre de rejoindre aussitôt à Bayonne, le dépôt de
leur corps.

Après des adieux déchirants, car ils
eurent tous un pressentiment de l'avenir, mademoiselle de Cinq-Cygne rentra
dans son château désert.

Les deux frères moururent ensemble
sous les yeux de l'Empereur à Somo-
Sierra, l'un défendant l'autre, tous deux
déjà chefs d'escadron.

Leur dernier mot fut :

— Laurence, *cy meurs !*

L'ainé des d'Hauteserre mourut colonel à l'attaque de la redoute de la Moscowa, où son frère prit sa place. Adrien fut nommé général à la bataille de Dresde, y fut grièvement blessé et put revenir se faire soigner à Cinq-Cygne.

En essayant de sauver ce débris des quatre gentilshommes qu'elle avait vus un moment autour d'elle, la comtesse, alors agée de trente-deux ans, l'épousa ; mais elle lui offrit un cœur flétri qu'il accepta, car les gens qui aiment ne doutent de rien, ou doutent de tout.

La restauration la trouva sans enthousiasme. Les Bourbons venaient trop tard pour elle. Néanmoins, elle n'eut pas à se plaindre. Son mari fut nommé pair de France avec le titre de marquis de Cinq-Cygne. Il devint lieutenant - général en 1816, et fut récompensé des éminents services qu'il rendit alors par le cordon-bleu.

Le fils de Michu, dont Laurence prit soin comme de son propre enfant, fut reçu avocat en 1816.

Après avoir exercé pendant deux ans sa profession, il fut nommé juge suppléant au tribunal d'Alençon, et de là passa procureur du roi au tribunal d'Arcis en 1824. Laurence, qui avait surveillé l'emploi des capitaux de Michu, lui remit une inscription de douze mille livres de rentes le jour de sa majorité.

Le comte de Cinq-Cygne mourut en 1830 entre les bras de Laurence, de son père, de sa mère et de ses enfants qui l'adoraient. Lors de sa mort, personne n'avait encore pénétré le secret de l'enlèvement du sénateur.

Louis XVIII, qui ne se refusa point à

réparer les malheurs de cette affaire, fut muet sur les causes de ce désastre avec la comtesse de Cinq-Cygne, qui le crut alors complice de la catastrophe.

# XXII

---

## LES TÉNÈBRES DISSIPÉES.

## XXII.

Le feu marquis de Cinq-Cygne avait
employé ses épargnes, ainsi que celles de
son père et de sa mère, à l'acquisition d'un
magnifique hôtel situé au faubourg Saint-
Honoré, compris dans le majorat considé-

rable institué pour l'entretien de sa pairie.

La sordide économie du marquis et de ses parents, qui souvent affligeait Laurence, fut alors expliquée. Aussi, depuis ce temps, la marquise, qui vivait à sa terre en y thésaurisant pour ses enfants, passa-t-elle d'autant plus volontiers ses hivers à Paris, que sa fille Berthe et son fils Paul atteignaient un âge où leur éducation exigeait les ressources de Paris.

Madame de Cinq-Cygne alla peu dans le monde. Son mari ne pouvait ignorer les regrets qui habitaient le cœur de cette femme; mais il déploya pour elle les dé-

licatesses les plus ingénieuses, et mourut
n'ayant aimé qu'elle au monde. Ce noble
cœur, méconnu pendant quelque temps,
mais à qui la généreuse fille des Cinq-
Cygne rendit dans les dernières années
autant d'amour qu'elle en recevait, son
mari fut enfin complètement heureux.

Laurence vivait surtout par les joies de
la famille. Nulle femme de Paris ne fut
plus chérie de ses amis, ni plus respectée.
Aller chez elle est un honneur.

Douce, indulgente, spirituelle, simple
surtout, elle plaît aux âmes d'élite, elle les
attire, malgré son attitude empreinte de
douleur; mais chacun semble protéger

cette femme si forte, et ce sentiment de protection secrète explique peut-être l'attrait de son amitié. Sa vie, si douloureuse pendant sa jeunesse, est belle et sereine vers le soir.

On connaît ses souffrances. Personne n'a jamais demandé quel est l'original du portrait de Robert Lefebvre, qui, depuis la mort du garde, est le principal et funèbre ornement de son salon. Sa physionomie a la maturité des fruits venus difficilement. Une sorte de fierté religieuse orne aujourd'hui ce front éprouvé.

Au moment où la marquise vint tenir maison, sa fortune, augmentée par la loi sur les indemnités, allait à deux cent mille livres de rentes, sans compter les traitements de son mari ; car elle avait hérité des onze cent mille francs laissés par les Simeuse. Dès lors, elle dépensa cent mille francs par an, et mit de côté le reste pour faire la dot de Berthe.

Berthe est le portrait vivant de sa mère, mais sans audace guerrière ; sa mère fine, spirituelle.

— Et plus femme, dit Laurence.

Elle ne voulait pas marier sa fille avant qu'elle n'eût vingt ans. Les économies de la marquise, sagement administrées par le vieux d'Hauteserre, et placées dans les fonds au moment où les rentes tombèrent en 1830, formaient une dot d'environ quatre-vingt mille francs de rentes à Berthe, qui, en 1833, eut vingt ans.

Vers ce temps, la princesse de Cadignan, qui voulait marier son fils, le duc de Maufrigneuse, avait, depuis quelques mois, lié son fils avec la marquise de Cinq-Cygne.

Georges de Maufrigneuse dînait trois fois par semaine chez la marquise; il accompagnait la mère et la fille aux Italiens, il caracolait au bois autour de leur calèche quand elles s'y promenaient; enfin il fut alors évident pour le monde du faubourg Saint-Germain, que Georges aimait Berthe.

Seulement personne ne pouvait savoir si madame de Cinq-Cygne avait le désir de faire sa fille duchesse en attendant qu'elle devînt princesse; ou si la princesse désirait pour son fils une si belle dot; si la célèbre princesse parisienne allait au devant de la noblesse de province, ou si la noblesse de province était effrayée de la célébrité de madame de Cadignan, de ses goûts et de sa vie ruineuse.

Dans le désir de ne point nuire à son fils, elle était dévote, avait muré sa vie intime, et passait l'été à Genève dans une villa.

Un soir, madame la princesse de Cadignan avait chez elle la marquise d'Espard, et de Marsay, le président du conseil. Elle vit ce soir-là cet ancien amant pour la dernière fois, il mourut quinze jours après.

Rastignac, sous-secrétaire d'État attaché au ministère de Marsay, deux ambassadeurs, d'Arthez, deux orateurs célèbres restés à la chambre des pairs, les vieux ducs de Lenoncourt et de Navarreins, le comte de Vandenesse et sa jeune femme s'y trouvaient et formaient un cercle assez bizarre, dont la composition s'expliquera facilement : il s'agissait d'obtenir de de Marsay un laissez-passer pour le prince de Cadignan.

De Marsay, qui ne voulait pas prendre cette responsabilité, venait dire à la princesse que l'affaire était en de bonnes mains. On devait leur apporter une solution pendant la soirée.

On annonça la marquise et mademoiselle de Cinq-Cygne.

Laurence, dont les principes étaient intraitables, fut non pas surprise, mais choquée de voir les représentants les plus illustres de la légitimité, dans l'une et l'autre chambre, causant avec le premier ministre de celui qu'elle n'appelait jamais que monseigneur le duc d'Orléans, l'écoutant et riant avec lui. De Marsay, comme les lampes près de s'éteindre, brillait d'un dernier éclat. Il oubliait là, volontiers, les soucis de la politique.

La marquise de Cinq-Cygne accepta de Marsay comme on dit que la cour d'Autriche accepte monsieur de Saint-Aulaire : l'homme du monde fit passer le ministre. Mais elle se dressa comme si son siège eût été de fer rougi, quand elle entendit annoncer monsieur le comte de Gondreville.

— Adieu, Madame, dit-elle à la princesse d'un ton sec.

Puis elle sortit avec Berthe en calculant ses pas de manière à ne pas voir cet homme.

— Vous avez fait manquer le mariage de Georges, dit à voix basse la princesse à de Marsay.

L'ancien clerc venu d'Arcis, l'ancien représentant du peuple, l'ancien thermidorien, l'ancien tribun, l'ancien conseiller d'État, l'ancien comte de l'empire et sénateur, l'ancien pair de Louis XVIII, le nouveau pair de juillet fit une révérence servile à la belle princesse de Cadignan.

— Ne tremblez plus, belle dame, dit-il, nous ne faisons pas la guerre aux princes! et il s'assit auprès d'elle.

Malin avait eu l'estime de Louis XVIII, à qui sa vieille expérience ne fut pas inutile.

Le comte de Gondreville aida beaucoup à renverser M. Decazes, et conseilla fortement le ministère Villèle. Reçu froidement par Charles X, il avait épousé les rancunes de Talleyrand. Il était alors

en grande faveur sous le douzième gouvernement qu'il a l'avantage de servir
depuis 1789, et qu'il desservira sans
doute; mais, depuis quinze mois, il avait
rompu l'amitié qui, pendant trente-six
ans, l'avait uni au plus célèbre de nos di-
plomates.

Ce fut dans cette soirée qu'en parlant
de ce grand homme, il dit ce mot :

— Savez-vous la raison de son hostilité contre le duc de Bordeaux ?... le pré-
tendant est trop jeune...

— Vous donnez là, lui répondit Rastignac, un singulier conseil aux jeunes gens.

De Marsay, devenu très-songeur depuis le mot de la princesse, ne releva pas ces plaisanteries; il regardait sournoisement Gondreville, et attendait évidemment pour parler que le vieillard, qui se couchait de bonne heure, fût parti. Tous ceux qui étaient là, témoins de la sortie de madame de Cinq-Cygne dont les raisons étaient connues, imitèrent le silence de de Marsay.

Gondreville n'avait pas reconnu la marquise; il ignorait les motifs de cette réserve générale; mais l'habitude des affaires, les mœurs politiques, lui avaient donné du tact; il était homme d'esprit d'ailleurs; il crut que sa présence gênait, il partit.

De Marsay, debout à la cheminée, contempla de façon à laisser deviner de graves pensées, ce vieillard de soixante-dix ans qui s'en allait lentement.

'— J'ai eu tort, Madame, dit enfin le premier ministre en entendant le roulement de la voiture, de ne pas vous avoir nommé mon négociateur. Mais je vais racheter ma faute et vous donner les moyens de faire votre paix avec les Cinq-Cygne.

Voici plus de trente ans que la chose a eu lieu ; c'est aussi vieux que la mort d'Henri IV, qui certes, entre nous, malgré le proverbe, est bien l'histoire la moins connue, comme beaucoup d'autres catastrophes historiques. Je vous jure, d'ailleurs, que si cette affaire ne concernait pas la marquise, elle n'en serait pas moins curieuse. Enfin, elle éclaircit un fameux passage de nos annales modernes, celui du Mont-Saint-Bernard.

Messieurs les ambassadeurs y verront que, sous le rapport de la profondeur, nos hommes politiques sont bien loin des Machiavels que les flots populaires ont élevés en 1793 au dessus des tempêtes, et dont quelques-uns ont *trouvé*, comme dit la romance, *un port*. Pour être quelque chose en France, il faut avoir été roulé dans les ouragans de ce temps-là.

— Mais il me semble, dit en souriant la princesse, que...

Un rire de bonne compagnie se joua sur toutes les lèvres.

De Marsay ne put s'empêcher de sourire en voyant la princesse s'arrêter sur le *que*.

— Nous appelions cela, au collège, un *que* retranché, dit Rastignac.

Les ambassadeurs parurent impatients,
de Marsay fut pris par une quinte, et
l'on fit silence.

« Par une nuit de juin 1800, vers trois heures du matin, dit le premier ministre, au moment où le jour faisait pâlir les bougies, deux hommes, las de jouer la bouillotte, ou qui ne la jouaient que pour occuper les autres, quittèrent le salon de l'hôtel des relations extérieures, et allèrent dans un boudoir.

« Ces deux hommes, dont un est mort, et dont l'autre a *un* pied dans la tombe, sont, chacun dans leur genre, aussi extraordinaires l'un que l'autre. Tous deux ont été prêtres, et tous deux ont abjuré ; tous deux se sont mariés. L'un avait été simplement Oratorien, l'autre avait porté la mître épiscopale. Le premier s'appelait Fouché, je ne vous dis pas le nom du second; mais tous deux étaient alors de simples citoyens français peu simples.

« Quand on les vit allant dans le boudoir,

les personnes qui se trouvaient encore là manifestèrent un peu de curiosité. Un troisième personnage les suivit. Quant à celui-là qui se croyait beaucoup plus fort que les deux premiers, il avait nom Sieyès, et vous savez tous qu'il appartenait également à l'Église avant la Révolution.

« Celui qui marchait difficilement se trouvait alors ministre des relations extérieures, Fouché était ministre de la police générale. Sieyès avait abdiqué le consulat.

« Un petit homme, froid et sévère, quitta sa place et rejoignit ces trois hommes en

disant à haute voix devant quelqu'un de
qui je tiens le mot :

« — Je crains le brelan des prêtres.

« Il était ministre de la guerre. Le mot
de Carnot n'inquiéta point les deux consuls qui jouaient dans le salon. Cambacérès et Lebrun étaient alors à la merci
de leurs ministres, infiniment plus forts
qu'eux.

« Presque tous ces hommes d'État sont
morts, on ne leur doit plus rien, ils ap-
partiennent à l'histoire, et l'histoire de
cette nuit a été terrible ; je vous la dis,
parce que moi seule la sais, parce que

Louis XVIII ne l'a pas dite à la pauvre madame de Cinq-Cygne, et qu'il est indifférent au gouvernement actuel qu'elle le sache.

« Tous quatre, ils s'assirent, le boiteux dut fermer la porte avant qu'on ne prononçât un mot, il poussa même, dit-on, un verrou. Il n'y a que les gens bien élevés qui aient de ces petites attentions. Les trois prêtres avaient les figures blêmes et impassibles que vous leur avez connues. Carnot seul offrait un visage coloré. Aussi le militaire parla-t-il le premier.

« — De quoi s'agit-il ?

« —De la France, dut dire le prince que j'admire comme un des hommes les plus extraordinaires de notre temps.

« — De la république, a certainement dit Fouché.

« — Du pouvoir, a dit probablement Sieyès.

« Tous les assistants se regardèrent. De Marsay avait, de la voix, du regard et du geste, admirablement peint les trois hommes.

« — Les trois prêtres s'entendirent à merveille, reprit-il. Carnot regarda sans doute ses collègues et l'ex-consul d'un air assez digne. Je crois qu'il a dû se trouver abasourdi en dedans.

« — Croyez-vous au succès? lui demanda Sieyès.

« — On peut tout attendre de Bonaparte, répondit le ministre de la guerre, il a passé les Alpes heureusement.

« —En ce moment, dit le diplomate avec une lenteur calculée, il joue son tout.

« — Enfin, tranchons le mot, dit Fouché; que ferons-nous, s'il est vaincu? Est-

PAGINATION DECALEE

il possible de refaire une armée ? Reste-
rons-nous ses humbles serviteurs ?

« — Il n'y a plus de république en ce
moment, fit observer Sieyès, il est consul pour dix ans.

« — Il a plus de pouvoir que n'en avait
Cromwell, ajouta l'évêque, et n'a pas
voté la mort du roi.

« — Nous avons un maître, dit Fouché,
le conservons-nous s'il perd la bataille,
ou reviendrons-nous à la république
pure ?

« — La France, répliqua sentencieusement Carnot, ne pourra résister qu'en revenant à l'énergie conventionnelle.

« — Je suis de l'avis de Carnot, dit Sieyès. Si Bonaparte revient défait, il faut l'achever, il nous en a trop dit depuis sept mois !

« — Il a l'armée, reprit Carnot d'un air penseur.

« — Nous aurons le peuple ! s'écria Fouché.

« — Vous êtes prompt, Monsieur ! répliqua le grand seigneur de cette voix de basse-taille qu'il a conservée et qui fit rentrer l'oratorien en lui-même.

«—Soyez francs, dit un ancien conventionnel en montrant sa tête, si Bonaparte est vainqueur, nous l'adorerons; vaincu, nous l'enterrerons!

« — Vous étiez là, Malin, reprit le maître de la maison sans s'émouvoir, vous serez des nôtres.

« Il lui fit signe de s'asseoir.

« Ce fut à cette circonstance que ce personnage, conventionnel assez obscur, dut d'être tout ce que nous venons de voir qu'il est encore en ce moment. Malin fut discret, et les deux ministres lui furent fidèles; mais il fut aussi le pivot de la machine et l'âme de la machination.

« — Cet homme n'a point encore été vaincu ! s'écria Carnot avec un accent de conviction, et il vient de surpasser Annibal.

« — Voici le Directoire en cas de malheur, reprit très-finement Sieyès en faisant remarquer à chacun qu'ils étaient cinq.

« —Et, dit le ministre des affaires étrangères, nous sommes tous intéressés au maintien de la révolution française, nous avons tous trois jeté le froc aux orties ; le général a voté la mort. Quant à vous, dit-il au dernier, vous avez des biens d'émigrés.

« —Nous avons tous les mêmes intérêts, dit péremptoirement Sieyès, et nos intérêts sont d'accord avec celui de la patrie.

« —Chose rare! dit le diplomate en souriant.

« — Il faut agir, ajouta Fouché, la bataille se livre, et Mélas a des forces supérieures. Gênes est rendue, et Masséna a commis la faute de s'embarquer pour Antibes; il n'est donc pas certain qu'il puisse rejoindre Bonaparte qui reste réduit à ses seules ressources.

« — Qui vous a dit cette nouvelle ? demanda Carnot.

« — Elle est sûre, répondit Fouché. Vous aurez le courrier à l'heure de la Bourse.

— Ceux-là n'y faisaient point de façons, dit de Marsay en souriant et s'arrêtant un moment.

«—Or, ce n'est pas quand la nouvelle du désastre viendra, dit toujours Fouché, que nous pourrons organiser les clubs, réveiller le patriotisme et changer la constitution. Notre dix-huit brumaire doit être prêt.

T. III. 21

« — Laissons-le faire au ministre de la police, dit le diplomate, et défions-nous de Lucien.

Lucien Bonaparte était alors ministre de l'intérieur.

« — Je l'arrêterai bien, dit Fouché.

« — Messieurs, s'écria Sieyès, notre Directoire ne sera plus soumis à des mutations anarchiques. Nous organiserons un pouvoir oligarchique, un sénat à vie, une chambre élective qui sera dans nos mains, car sachons profiter des fautes du passé.

« — Avec ce système, j'aurai la paix, dit l'évêque.

« — Trouvez-moi un homme sûr pour correspondre avec Moreau, car l'armée d'Allemagne deviendra notre seule ressource! s'écria Carnot qui était resté plongé dans une profonde méditation.

— En effet, reprit de Marsay avec une pause, ces hommes avaient raison, Messieurs! Ils ont été grands dans cette crise, et j'eusse fait comme eux.

« — Messieurs! s'écria Sieyès d'un ton grave et solennel, dit de Marsay en reprenant son récit.

« Ce mot : Messieurs! fut parfaitement compris : tous les regards exprimèrent une même foi, la même promesse, celle d'un silence absolu, d'une solidarité complète au cas où Bonaparte reviendrait triomphant.

« — Nous savons tous ce que nous avons à faire, ajouta Fouché.

« Sieyès avait tout doucement dégagé le verrou, son oreille de prêtre l'avait bien servi. Lucien entra.

« —Bonne nouvelle, Messieurs! un courrier apporte à madame Bonaparte un mot du premier consul, il a débuté par une victoire à Montebello.

« Les trois ministres se regardèrent.

« — Est-ce une bataille générale ? demanda Carnot.

« — Non, un combat où Lannes s'est couvert de gloire.

« L'affaire a été sanglante. Attaqué avec dix mille hommes par dix-huit mille, il a été sauvé par une division envoyée à son secours. Ott est en fuite. Enfin la ligne d'opération de Mélas est coupée.

« — De quand le combat? demanda Carnot.

« — Le huit, dit Lucien.

« — Nous sommes le treize, reprit le savant ministre, eh bien ! selon toute apparence, les destinées de la France se jouent au moment où nous causons.

« En effet, la bataille de Marengo commença le quatorze juin à l'aube.

« — Quatre jours d'attente mortelle ! dit Lucien.

« — Mortelle? reprit le ministre des relations extérieures froidement et d'un air interrogatif.

« — Quatre jours, dit Fouché. »

« Un témoin oculaire m'a certifié que les deux consuls n'apprirent ces détails qu'au moment où les six personnages rentrèrent au salon. Il était alors quatre heures du matin. Fouché partit le premier.

« Voici ce que fit avec une infernale et sourde activité ce génie ténébreux, profond, extraordinaire, peu connu; mais qui avait bien certainement un génie égal peut-être à celui de Philippe II, à celui de Tibère et de Borgia. Sa conduite lors de l'affaire de Walcheren a été celle d'un militaire consommé, d'un grand politique, d'un administrateur prévoyant.

« Vous savez qu'alors il a épouvanté Napoléon. Fouché, Masséna et le Prince sont les trois plus grands hommes, les plus fortes têtes, comme diplomatie, guerre et gouvernement, que je connaisse. Si Napoléon les avait franchement associés à son œuvre, il n'y aurait plus d'Europe, mais un vaste empire français. Fouché ne s'est détaché de Napoléon qu'en voyant Sieyès et le prince de Talleyrand mis de côté.

« Dans l'espace de trois jours, Fouché, tout en cachant la main qui remuait les cendres de ce foyer, organisa cette angoisse générale qui pesa sur toute la France, et ranima l'énergie républicaine de 1793. »

« Comme il faut éclaircir ce coin obscur de notre histoire , je vous dirai que cette agitation , partie de lui qui tenait tous les fils de l'ancienne Montagne, produisit les complots républicains par lesquels la vie du premier consul fut menacée après sa victoire de Marengo. Ce fut la conscience qu'il avait du mal dont il était l'auteur, qui lui donna la force de signaler à Bonaparte, malgré l'opinion contraire de celui-ci, les républicains comme plus mêlés que les royalistes à ces entreprises.

« Fouché connaissait admirablement les hommes ; il compta sur Sieyès à cause de son ambition trompée, sur M. de Talleyrand parce qu'il était un grand seigneur, sur Carnot à cause de sa profonde honnêteté ; mais il redoutait notre homme de ce soir, et voici comment il l'entortilla.

« Il n'était que Malin, dans ce temps-là,

Malin le correspondant de Louis XVIII. Il fut forcé par le ministre de la police de rédiger les proclamations du gouvernement révolutionnaire, ses actes, ses arrêts, la mise hors la loi des factieux du 18 brumaire, et bien plus, ce fut ce complice malgré lui qui les fit imprimer au nombre d'exemplaires nécessaires et qui les tint prêts en ballots dans sa maison.

« L'imprimeur fut arrêté comme conspirateur, car on fit choix d'un imprimeur révolutionnaire, et la police ne le relâcha que deux mois après. Cet homme est mort en 1816 croyant à une conspiration montagnarde.

« Une des scènes les plus curieuses jouées par la police de Fouché, est sans contredit celle que causa le premier courrier reçut par le plus célèbre banquier de cette époque, et qui annonça la perte de la bataille de Marengo. La fortune, si vous vous le rappelez, ne se déclara pour Napoléon que sur les sept heures du soir. A midi, l'agent envoyé par le roi de la finance d'alors regarda l'armée française comme anéantie et s'empressa de dépêcher un courrier.

« Le ministre de la police envoya chercher les afficheurs, les crieurs, et l'un de ses affidés arrivait avec un camion chargé des imprimés, quand le courrier du soir, qui avait fait une excessive diligence, répandit la nouvelle du triomphe qui rendit la France véritablement folle. Il y eut des pertes considérables à la Bourse.

« Mais le rassemblement des afficheurs et des crieurs qui devaient proclamer la mise hors la loi, la mort politique de Bonaparte, fut tenu en échec et attendit que l'on eût imprimé la proclamation et le placard où la victoire du premier Consul était exaltée. Gondreville, sur qui toute la responsabilité du complot pouvait tomber, fut si effrayé qu'il mit les ballots dans des charrettes, et les mena nuitamment à Gondreville où sans doute il enterra ces sinistres papiers dans les caves du château qu'il avait acheté sous le nom d'un homme... Il l'a fait nommer président d'une cour impériale, il avait nom... Marion! Puis il revint à Paris assez à temps pour complimenter le premier Consul.

«Napoléon accourut, vous le savez, avec une effrayante célérité d'Italie en France après la bataille de Marengo; mais il est certain, pour ceux qui connaissent à fond l'histoire secrète de ce temps, que sa promptitude eut pour cause un message de Lucien.

«Le ministre de l'intérieur avait entrevu l'attitude du parti Montagnard, et sans savoir d'où soufflait le vent, il craignait l'orage. Incapable de soupçonner les trois ministres, il attribuait ce mouvement aux haines excitées par son frère au 18 brumaire, et à la ferme croyance où fut alors le reste des hommes de 1793, d'un échec irréparable en Italie. Les mots : Mort au tyran ! criés à Saint-Cloud, retentissaient toujours aux oreilles de Lucien.

«La bataille de Marengo retint Napoléon sur les champs de la Lombardie jusqu'au 25 juin, il arriva le deux juillet en France.

« Or, imaginez les figures des cinq conspirateurs, félicitant aux Tuileries le premier Consul sur sa victoire. Fouché, dans le salon même, dit au tribun, car ce Malin que vous venez de voir a été un peu tribun, d'attendre encore et que tout n'était pas fini. En effet, Bonaparte ne semblait pas à monsieur de Talleyrand et à Fouché aussi marié qu'ils l'étaient à la révolution, et ils l'y bouclèrent pour leur propre sûreté, par l'affaire du duc d'Enghien.

« L'exécution du prince tient, par des ramifications saisissables, à ce qui s'était tramé dans l'hôtel des relations extérieures, pendant la campagne de Marengo.

«Certes, aujourd'hui, pour qui a connu des personnes bien informées, il est clair que Bonaparte fut joué comme un enfant par monsieur de Talleyrand et Fouché, qui voulurent le brouiller irrévocablement avec la maison de Bourbon dont les ambassadeurs faisaient alors des tentatives auprès du premier Consul. »

—Talleyrand faisant son whiste chez madame de Luynes, dit alors un des personnages qui écoutaient, à trois heures du matin, tire sa montre, interrompt le jeu et demande tout à coup, sans aucune transition, à ses trois partners, si le prince de Condé avait d'autre enfant que monsieur le duc d'Enghien.

Une demande si saugrenue, dans la bouche de monsieur de Talleyrand , causa la plus grande surprise.

— Pourquoi nous demandez-vous ce que vous savez si bien ? lui dit-on.

— C'est pour vous apprendre que la maison de Condé finit en ce moment.

Or, monsieur de Talleyrand était à l'hôtel de Luynes depuis le commencement de la soirée, et savait sans doute que Bonaparte était dans l'impossibilité de faire grâce.

— Mais, dit Rastignac à de Marsay, je

ne vois point dans tout ceci madame de Cinq-Cygne.

—Ah! vous étiez si jeune, mon cher, que j'oubliais la conclusion, vous savez l'affaire de l'enlèvement du comte de Gondreville, qui a été la cause de la mort des deux Simeuse et du frère aîné de d'Hauteserre, qui, par son mariage avec mademoiselle de Cinq-Cygne, devint comte et depuis marquis de Cinq-Cygne.

De Marsay, prié par plusieurs personnes à qui cette aventure était inconnue, raconta le procès, en disant que les cinq inconnus étaient des escogriffes de la police générale de l'empire, chargés d'anéantir des ballots d'imprimés que le comte de Gondeville était venu précisément brûler en croyant l'empire affermi.

« — Je soupçonne Fouché , dit-il , d'y avoir fait chercher en même temps des preuves de la correspondance de Gondreville et de Louis XVIII, avec lequel il s'est toujours entendu, même pendant la Terreur.

« Mais, dans cette épouvantable affaire, il y a eu de la passion de la part de l'agent principal, qui vit encore, un de ces grands hommes subalternes qu'on ne remplace jamais, et qui s'est fait remarquer par des tours de force étonnants. Il paraît que mademoiselle de Cinq-Cygne l'avait maltraité quand il était venu pour arrêter les Simeuse.

Ainsi, Madame, vous avez le secret de l'affaire; vous pourrez l'expliquer à madame de Cinq-Cygne, et lui faire comprendre pourquoi Louis XVIII a gardé le silence.

Paris, janvier 1841.

FIN.

# TABLE DES CHAPITRES

## DU TROISIÈME VOLUME.

———◦❂◦———

|  |  |  | Pages. |
|---|---|---|---|
| Chapitre XVI. | — | Les Arrestations . . . | 5 |
| — XVII. | — | Doutes des défenseurs officieux. . . . . . | 43 |
| — XVIII. | — | Marthe compromise . . | 89 |
| — XIX. | — | Les Débats. . . . . | 115 |
| — XX. | — | Horrible péripétie . . | 173 |
| — XXI. | — | Le Bivouac de l'empereur. | 207 |
| — XXII. | — | Les Ténèbres dissipées . | 261 |

FIN DE LA TABLE.

www.ingramcontent.com/pod-product-compliance
Lightning Source LLC
Chambersburg PA
CBHW071848020726
47502CB00003B/654